Alles ist echt

Karen-Susan Fessel

Alles ist echt

Ernst Klett Sprachen
Stuttgart

1. Auflage 1 5 4 3 2 1 | 2025 24 23 22

Alle Drucke dieser Auflage sind unverändert und können im Unterricht nebeneinander verwendet werden.
Die letzte Zahl bezeichnet das Jahr des Druckes. Das Werk und seine Teile sind urheberrechtlich geschützt. Jede Nutzung in anderen als den gesetzlich zugelassenen Fällen bedarf der vorherigen schriftlichen Einwilligung des Verlages.

Die in diesem Werk angegebenen Links wurden von der Redaktion sorgfältig geprüft, wohl wissend, dass sie sich ändern können. Die Redaktion erklärt hiermit ausdrücklich, dass zum Zeitpunkt der Linksetzung keine illegalen Inhalte auf den zu verlinkenden Seiten erkennbar waren. Auf die aktuelle und zukünftige Gestaltung, die Inhalte oder die Urheberschaft der verlinkten Seiten hat die Redaktion keinerlei Einfluss. Deshalb distanziert sie sich hiermit ausdrücklich von allen Inhalten aller verlinkten Seiten, die nach der Linksetzung verändert wurden. Diese Erklärung gilt für alle in diesem Werk aufgeführten Links.

© der Originalausgabe: Alles ist echt. 2017 Verlag Friedrich Oetinger GmbH, Hamburg

© Ernst Klett Sprachen GmbH, Rotebühlstraße 77, 70178 Stuttgart 2022
Alle Rechte vorbehalten.

Finden Sie unser komplettes Programm und viele weitere Infos zum Unterricht unter:
www.klett-sprachen.de/deutschmalanders

Annotationen und Nachwort: David Beckeherm
Redaktion: Katrin Wilhelm
Layoutkonzeption: Sandra Vrabec
Gestaltung und Satz: Joachim Schrimm, ETYPO, Friolzheim
Umschlaggestaltung: Sabine Kaufmann
Titelbild: Getty Images (chaiyapruek2520)
Foto S. 167: © Gaby Ahnert
Druck und Bindung: Salzland Druck, Staßfurt
Printed in Germany

ISBN 978-3-12-666002-0

9 783126 660020

Für Ina

Weiß. Weiß mit Gelb. Gelb mit Weiß.

Da ist irgendwas, aber ich kann es nicht sehen. Ich kann es nur hören, eine Stimme. Jemand redet. Mit mir?

Wenn ich nur nicht so weit oben schweben würde. Komisch, dass ich meine Arme gar nicht spüre. Aber sehen kann ich sie. Oder nein, ich spüre sie doch. Festhalten. Festhalten.

Deine weiche Haut anfassen. Festhalten. Ein, zwei, drei, ich bin dabei!

Auaauaauaua.

Was, was hast du gesagt?

Mir ist schlecht. Ich bin schlecht. Nein, ich bin nicht schlecht, bin ich nicht, bin ich nicht.

Ganz große rote Zacken. Mein Kopf!

Wenn ich nur wüsste, wo ich hier bin.

Was hast du gesagt?

Du, du, du.

Himmel und Hölle. Kann man auch Käsekästchen * *zu sagen.*

Ich bin aus dem Himmel geradewegs in die Hölle gesprungen. Das hier ist die Hölle. Hölle.

Gibt's bei uns doch gar nicht. Gibt's nicht.

Was hast du gesagt?

---

* Hüpfspiel für Kinder.

1 SONNTAG

Mascha

Als Mascha aufwacht, ist alles sofort wieder da.

Lion. Sein weißes, weißes Gesicht. Die blutgetränkten kurzen Rastazöpfe. Die rote Lache unter seinem Kopf, die sich langsam weiter ausbreitet.

Sie kneift die Augen zusammen, dann reißt sie sie weit auf.

Licht. Das blaue Rollo mit den Sternen, das ihre Mutter ihr gekauft hat, als sie neun oder zehn war, schimmert im hellen Sonnenschein, der sich zwischen den Rändern und dem Fensterrahmen hindurchzuzwängen versucht. Die Sterne leuchten fast, ein bisschen flimmern sie. Mascha macht die Augen wieder zu.

Lion. Sein weißes Gesicht. Und davor: seine weichen Lippen, das Grinsen, bevor er sie geküsst hat.

Mascha dreht sich herum, presst das Gesicht fest ins Kissen. Kneift die Augen zusammen.

Aber das nützt nichts. Das viele Blut ist immer noch da. Und dann kommt die Erinnerung mit voller Wucht zurück: Lion, der mit ausgebreiteten Armen am Boden liegt. Der Typ, der sich über ihn beugt. Sogar jetzt noch kann Mascha die Wut spüren, die in ihr hochgeschossen ist. Dieses unbedingte Bedürfnis, Lion zu verteidigen, ihm zu helfen.

Sie kneift die Augen noch fester zusammen. War das wirklich sie, die da wie eine Verrückte auf den Typen losgestürzt ist, auf ihn eingeschlagen und – ihn getreten hat? Gut, dass sie Turnschuhe anhatte und keine Schuhe mit Absatz. Trotzdem hat der Typ ganz schön was abgekriegt. Muss echt wehgetan haben. Aber sie dachte … sie dachte ja, dass er Lion zusammengeschlagen hat. Sie wollte Lion helfen. Und nur deshalb hat sie zugetreten und den Typen geschlagen, bis dieser andere Junge sie weggezogen und festgehalten hat.

An dessen Gesicht kann sie sich kaum erinnern, nur dass er irgendwie ziemlich unreine Haut hatte. Pickel. An den Typen, den sie getreten hat, kann sie sich auch nicht erinnern. Oder nur ganz schwach.

Aber Lions Gesicht sieht sie immer noch vor sich. Weiß. Irgendwie blutleer. Seine geschlossenen Augen.

Die Blutlache unter seinem Kopf, die sich immer mehr ausbreitete. Und das Kaugummi rechts neben seinem Kinn.

Mascha dreht sich um und reißt die Augen auf. Ihr Kopf dröhnt.

In der Küche sitzt ihre Mutter und trinkt Kaffee aus dem Becher, den sie seit Jahren benutzt. Vor ihr liegt ihr Handy. »Guten Morgen, Mäuschen!«

»Morgen«, sagt Mascha und schenkt sich auch einen Kaffee ein. Dann setzt sie sich ihrer Mutter gegenüber, die sie vorsichtig über den Becherrand hinweg anlächelt, und checkt kurz ihr Handy. Immer noch nichts.

Ihre Mutter setzt den Becher ab und streckt sich. Mascha hat ihn mal selbst gemacht, in der Grundschule, einen Tonbecher mit schiefem Henkel. Ihre Mutter mag diesen Becher.

»Gut geschlafen?«, fragt sie, und Mascha verschluckt sich fast. Angestrengt pustet sie auf ihren Kaffee, um sich zu beruhigen. Dann nimmt sie einen Schluck. Viel zu stark.

»Nein«, sagt sie schließlich. »Natürlich nicht. Was denkst du denn?«

Ihre Mutter blinzelt. »Manchmal schläft man ja auch gut, wenn man etwas Aufregendes erlebt hat«, sagt sie und fährt sich durch die Haare. »Aber was genau ist eigentlich heute Nacht passiert? Wer hat sich da geprügelt?«

Allein die Ausdrucksweise! Manchmal kapiert ihre Mutter aber auch wirklich gar nichts. »Geprügelt hat sich niemand. Ein … ein Freund von mir ist zusammengeschlagen worden.«

Ihre Mutter setzt sich ein wenig gerader hin. »Ein Junge aus deiner Klasse?«

Mascha seufzt. »Nee. Aus meiner Schule.«

»Und was hattest du damit zu tun? Dass dich die Polizei nach Hause bringen musste?«

»Ich war eben dabei«, sagt Mascha und checkt erneut ihr Handy. Nichts. Nicht mal was von Mia oder Isi. Obwohl sie ihnen noch heute Nacht eine kurze Nachricht geschickt hat, nachdem die beiden schweigsamen Polizisten sie nach Hause gebracht hatten. Na ja, Mia hat ja um 04:38 noch zurückgeschrieben, und wahrscheinlich schläft sie jetzt noch.

Was??? Ist ja heftig! Ruf dich morgen an!

Lion schläft bestimmt auch noch. Hoffentlich. Hoffentlich schläft er sich gesund. Ob er schon wach ist? Kann er im Krankenhaus eigentlich sein Handy benutzen?

»Nun erzähl doch mal genau, Mascha!«, sagt ihre Mutter und trinkt ihren Kaffee aus.

»Mensch, Mama, das musste ich doch schon alles der Polizei erzählen«, sagt Mascha, aber ihre Mutter hört sowieso nicht mehr zu. Sie hat ihr eigenes Handy zu sich herangezogen. Beim Blick aufs Display stutzt sie, dann lächelt sie breit und beginnt sofort zu tippen.

Mascha starrt sie an.

Doch ihre Mutter sieht erst auf, als sie fertig getippt hat. »Was ist denn? Was guckst du mich so an?«

Mascha schüttelt den Kopf. »Ach, egal.«

»Mensch, das war doch Nenad!«, sagt ihre Mutter, als würde das alles erklären. Für sie vielleicht. Aber nicht für Mascha.

Es piept, und Maschas Mutter sieht auf ihr Handy. Wieder tritt dieses breite Lächeln auf ihre Lippen, das Mascha nicht ausstehen kann, dann tippt sie schnell etwas ins Handy und legt es demonstrativ* zur Seite. »So, jetzt erzähl. Also, dein Klassenkamerad ist zusammengehauen worden, und du warst dabei?«

---

* In auffallender Weise.

Mascha schiebt ihren Stuhl zurück und steht auf. »Ach, ist doch egal. Ich geh jetzt duschen.«

Klassenkamerad. Zusammengehauen. Manchmal, denkt Mascha, während sie unter die Dusche steigt und das heiße Wasser ganz weit aufdreht, manchmal glaubt sie wirklich, dass ihre Mutter in einer ganz anderen Welt lebt als sie selbst. Eine Welt, dic vor ungefähr zwanzig Jahren stehengeblieben ist und sich jetzt superlangsam um sich selbst dreht. Eine Welt, in der sich Klassenkameraden gegenseitig *zusammenhauen* und es vor allem darum geht, Nenads oder Alis oder Pouls oder Jasons, oder wie sie alle hießen, zu beeindrucken.

Alte Knacker.* Mittelalte Knacker. So wie der Typ heute Nacht, der Typ, der sich über Lion gebeugt hatte, als Mascha aus der Tankstelle kam.

Sie legt den Kopf ganz in den Nacken und lässt das heiße Wasser über ihr Gesicht fließen. Es prickelt leicht, tut aber gut.

Es ist einfach so passiert, sie hat auf ihn eingetreten, von hinten, und ihn an den Haaren gerissen, weg von Lion eben, der so still dalag. Er hat das Gleichgewicht verloren und ist umgefallen, und sie hat noch mal zugetreten, und dann hat sie plötzlich jemand von hinten festgehalten. Ein Typ in ihrem Alter, mit kurzen Haaren und Aknepickeln, den Mascha noch nie zuvor gesehen hat. Später hat sich rausgestellt, dass er vor ihr in der Tankstelle was gekauft hat.

Und dass der Typ, den Mascha getreten hat, überhaupt nichts getan hatte. Außer Lion zu helfen.

Mascha schäumt sich die Haare ein und spült sie gleich wieder aus. Was war dann? Blaulicht, Sirenen, der Krankenwagen und die Polizei kamen gleichzeitig. Auf einmal war alles voller Leute in Uniformen. Irgendwer hat sie in einen Transporter geführt, und dann war da diese blonde Polizistin, die sie ausgefragt hat.

* Älterer Mann.

Sie wollte vor allem wissen, wie der Typ aussah, der Lion niedergeschlagen hatte. Aber den hatte Mascha ja gar nicht gesehen.

Mascha dreht das Wasser wieder ab und bleibt einen Moment stehen. Die Luft ist voller Wasserdampf, die Duschfliesen sehen aus wie in Nebel gehüllt.

Sie weiß nicht, was wirklich passiert ist. Das hat offenbar keiner so richtig mitbekommen.

Sie weiß nur, dass sie rausgekommen ist und dass Lion dann dagelegen hat. Mit ausgebreiteten Armen, kreidebleich. Und dieser großen Blutlache unter seinem Kopf.

Aber vorher war alles gut, alles war richtig gut. Wie komisch das ist: Alles ist gut, sogar wunderbar, dann geht man in eine Tankstelle, kauft was, und wenn man wieder rauskommt, ist alles anders. Alles ist anders. Überhaupt nicht mehr gut.

Es klopft an der Tür. »Mascha? Du, bist du bald fertig? Ich muss dann mal los.« Die Stimme ihrer Mutter klingt weich hinter der Tür.

Klassenkamerad. Zusammengehauen.

Mascha atmet tief durch. Plötzlich sieht sie Lions Gesicht wieder vor sich.

»Hi!« Ein sehr breites Grinsen. Grüne Augen, oder vielleicht sind sie auch grau. Er hat Rastazöpfe. Ganz kurze. Süß sieht er aus. Und hüpft durch die Gegend, immer ein Lächeln im Gesicht. Mittelgroß ist er und sportlich.

Sie hat ihn schon länger beobachtet, hat mit Isi über ihn geredet. Isi kennt ihn mindestens zwei Jahre, zumindest vom Sehen.

Mascha nicht. Sie ist erst letztes Jahr auf diese Schule gewechselt. Isi und Mia gehen hier schon seit der Siebten hin, genau wie Lion.

Lion? Nicht Leon?

Nein. Lion.

»Hi!«

»Hallo.« Sich nichts anmerken lassen. Aber ein Lächeln, das geht.

»Hi, hi. Willst du eine rauchen?« Hüpf, hüpf.

»Ich rauch nicht.«

»Ich auch nicht«, sagt er und springt wieder von einem Fuß auf den anderen, grinst immer noch. »War nur ein Test.« Jetzt bleibt er stehen und legt den Kopf schief. »Willst du was anderes?«

»Was denn?« Er ist echt süß. So süß, dass die anderen Mädchen drüben an der Tür fast neidisch aussehen.

»Willst du mit mi-hihihiiir gehen? Wind und Wetter verstehen?« Tatsächlich, er singt! »Dich mit Windrosen* dreh'n? Willst du mit ...« Er legt den Kopf auf die andere Seite und breitet die Arme aus. »Willst du mit mir gehen?«

»Du spinnst!«, sagt Mascha und dreht sich weg. Aber er dreht sich mit. Breitet die Arme erneut aus.

»Verzeiht, Holde**! Aber ich kann nicht anders!«

Mascha muss lachen. Aber nicht über ihn. Sondern mit ihm.

So ist das bei ihrer ersten Begegnung. Und so bleibt es auch: Er bringt sie zum Lachen.

Und zum Dahinschmelzen, das auch.

Komisch ist das, dass einem jemand ewig nicht auffällt, und dann, bum, schlägt er ein wie eine Bombe.

»Mascha?« Die Stimme ihrer Mutter klingt jetzt noch drängender. »Kann ich reinkommen? Ich muss mich jetzt dringend fertig machen, Nenad holt mich gleich ab.«

Mascha drückt wortlos die Tür von innen auf, und ihre Mutter kommt rein und schminkt sich im beschlagenen Spiegel, während Mascha sich die Haare kämmt. Danach sieht sie sich lange und prüfend im Spiegel an.

»Mama«, sagt Mascha genervt. »Du siehst super aus. Super geschminkt.«

Ihre Mutter guckt sie prüfend an, sie weiß offenbar mal wieder nicht, wie Mascha das meint. »Ja?«

»Ja, klar.«

»Was hast du denn heute noch vor?«, fragt ihre Mutter und folgt ihr aus dem Bad.

---

* Sternförmige Darstellung der Himmelsrichtungen.

** Schöne junge Frau.

Mascha zuckt mit den Schultern. »Weiß ich noch nicht«, sagt sie, aber natürlich weiß sie es genau.

Lion besuchen. Vielleicht kann er ja auch schon wieder nach Hause. Dann nimmt sie ihn einfach mit. Ihre Mutter ist sowieso unterwegs. Lion … hoffentlich geht es ihm gut.

»Dann viel Spaß! Wir telefonieren, ja? Vergiss dein Handy nicht!« Ihre Mutter küsst sie rechts und links auf die Wange, nimmt sich ihre Tasche und öffnet die Tür.

Und dann ist sie weg und Mascha allein.

Sie atmet tief durch. Endlich allein.

Aber irgendwas tut ihr weh. Irgendwo tief innen tut ihr was weh.

Noch nie zuvor hat sie jemand so fantastisch geküsst wie Lion.

Blendi

09:30. Die roten Zahlen auf dem Display flackern ganz leicht, als Blendi einen Moment zu lange hinsieht. Dann schiebt er einen Arm unter der Decke hervor und dreht ihn zur Seite. Aus dem Flur sind Stimmen zu hören, laute Stimmen. Geschrei. Geheule. Seine Eltern streiten.

Blendi atmet tief durch. Schon wieder!

Die Zimmertür wird aufgerissen, und seine Schwester stürmt herein.

»He, was soll denn das!«, murrt Blendi und zieht seine Decke hoch.

Edona beachtet ihn gar nicht. Sie reißt den Schrank auf, wühlt kurz darin herum und zieht eine Jacke raus, um sie in ihre Tasche zu stopfen. Ihr für Blendis Geschmack viel zu stark geschminktes Gesicht ist verkniffen*, aber das ist ja meistens so. Edona hat fast immer schlechte Laune.

Jetzt stapft sie wütend zur Tür, im Rahmen dreht sie sich noch mal um. »Baba zieht aus«, sagt sie erstaunlich ruhig. »Ciao, bis dann.« Und weg ist sie. Die Tür lässt sie offen.

* Durch den Gesichtsausdruck sichtbare Verärgerung.

Baba zieht aus?

Blendi wird kalt. Er schwingt die Beine über die Bettkante, schiebt sein Skizzenbuch* beiseite, zieht seine Jeans an, die praktischerweise vor dem Bett auf dem Boden liegt, und zerrt ein frisches T-Shirt aus dem Schrank. Auf bloßen** Füßen läuft er in den Flur, wo seine Eltern sich gegenüberstehen wie Gegner in einer Arena.

»Was … was ist denn los?«

Aber weder seine Mutter noch sein Vater beachten ihn. Seine Mutter ringt die Hände und weint lautlos, während sein Vater ein paar Klamotten in seine Reisetasche stopft, mit genau den gleichen Bewegungen wie Edona gerade eben.

»Das kannst du nicht machen!«, jammert Blendis Mutter. »Du hast eine Familie!«

»Lass mich in Frieden«, sagt sein Vater mit eisiger Stimme und wirft sich die Tasche über die Schulter. »Du …« Er spuckt ein paar albanische Schimpfwörter aus, die Blendi erstarren lassen. Aber Blendis Mutter nicht. Mit einem Aufschrei stürzt sie sich auf seinen Vater, der sie mühelos abschüttelt und die Tür aufreißt.

»He, Baba«, sagt Blendi. »Du, warte doch …«

Sein Vater dreht sich zu ihm um und lacht. »Was willst du denn? Muttersöhnchen. Jetzt kannst du dich mal richtig um deine *nënë* kümmern.«

»Das darfst du nicht!«, schreit Blendis Mutter und rennt hinter seinem Vater her.

Blendi greift nach dem Arm seiner Mutter, und mit einer reflexartigen Bewegung schlägt sie ihm die Nägel so heftig in den Unterarm, dass er aufschreit. Sein Vater grinst spöttisch, dann zieht er die Tür hinter sich zu.

Blendis Mutter sinkt an der Flurwand zusammen und weint, während Blendi seinen Arm betrachtet. Drei tiefe Risse ziehen sich über den Unterarm, Blut quillt hervor.

---

* Notizbuch aus kräftigerem Papier für Zeichnungsentwürfe.
** Nackten.

Die Lache. Diese große Blutlache da unter dem Kopf des Jungen gestern, die immer größer und größer wurde.

Ob der noch lebt?

»Das kann er mir nicht antun!« Blendis Mutter schluchzt und schlägt mit der offenen Hand gegen die Wand. »Nur wegen dieser Schlampe! Er hat doch eine Familie! Was werden unsere Eltern sagen?«

»Mama.« Blendi hockt sich neben sie. Edona, die dumme Kuh, warum ist sie denn nicht dageblieben? Jetzt muss er sich wieder um alles kümmern. »Mama, komm, ruhig. Komm mal hoch.«

Aber seine Mutter weigert sich. Zusammengesunken bleibt sie an der Wand hocken und schlägt immer wieder mit der flachen Hand dagegen, während sie ihr Klagelied weitersingt.

Blendi lässt sich neben sie gleiten und verschränkt die Arme, nimmt sie aber gleich wieder auseinander. Es tut weh, ziemlich weh sogar. Und noch während er auf seinen verletzten Unterarm hinuntersieht, fällt ein Tropfen Blut auf seine Jeans.

Muris

Seine Hose ist dreckig. Ein Schmutzstreifen zieht sich über den gesamten rechten Oberschenkel, so was kann Muris überhaupt nicht leiden. Leider sieht er es erst jetzt, bei Tageslicht, draußen, wo die Sonne brennt.

Vorsichtig wischt er über den Fleck, doch das bringt nichts. Seine Schulter tut weh, irgendwie hat er komisch gelegen; aber diese Stuhlpolster sind ja auch nicht so richtig bequem. Er gähnt und zieht sein Handy raus. Fünf Millionen neue Nachrichten, die er kurz überfliegt: Ambr schlägt ein Treffen um sechs vor, an der Ecke wie immer, Ferhat hat was Krasses aufgetan, was immer das sein mag, Hassan ist nicht gut drauf, und Adnan fragt, wo er sei.

Wo bist du?

Drei Wörter. Acht Buchstaben. Acht Tonnen Stress.

Muris spürt, wie die Wut wieder in ihm hochkocht, aber dann gleich wieder abflaut. Was für ein Mist. Wie kann man nur in so kurzer Zeit so viel Pech haben? Er spuckt auf den Boden, dann sieht er sich suchend um.

Ist natürlich Quatsch, weg ist weg, nie im Leben liegt es hier noch irgendwo. Und er kann es sonst wo verloren haben.

Im Gehen klickt er die Online-Nachrichten an und bleibt stehen. Ein Mann, der direkt hinter ihm gegangen ist, kann gerade noch ausweichen. Murrend läuft er an Muris vorbei, aber ein Blick in Muris' Augen bringt ihn offenbar dazu, lieber nichts weiter zu sagen.

Muris starrt ihm kurz hinterher, dann sieht er wieder auf sein Handy.

17-Jähriger an Tankstelle ins Koma geprügelt
Schläger flüchtig: Schüler (17) im Koma
Brutale Attacke an Tankstelle!

Neben ihm tost* der Verkehr, Autos rasen vorbei, Fahrräder klingeln, Motorräder brummen. Eine Frau ruft etwas, ein Kind weint, aber Muris steht still da und starrt auf sein Handy. Dann steckt er es wieder ein und steuert mit schnellen Schritten auf den U-Bahn-Eingang zu. Gleich elf. Um eins muss er wieder antreten. Zeit genug, um sich noch umzuziehen.

»Wo warst du?«, ruft seine Mutter aus der Küche, als Muris die Tür nahezu lautlos hinter sich schließt. Im Wohnzimmer plärrt** der Fernseher, Amra und Elvir streiten lauthals in Amras Zimmer, und die Waschmaschine im Bad schleudert gerade, aber trotzdem hat seine Mutter ihn gehört. Ohren wie ein Luchs***, und ganz besonders, wenn es um ihre Kinder geht.

---

* In heftiger Bewegung sein, rauschen.
** Unangenehme Töne von sich geben.
*** Sehr gut hören (wie die Raubkatze).

»Muris! Komm her und sag, wo du warst! Schleich dich nicht immer so rein!«

Muris seufzt, doch er setzt sich in Bewegung und geht auf Socken über den dicken Teppichboden in die Küche, wo seine Mutter gerade mit der Hand Hefeteig knetet. Mit blitzenden Augen sieht sie zu ihm auf. »Ah, Muris! Wo warst du?«

Muris geht zu ihr hinüber und greift nach ihrer teigbefleckten Hand, um sie an den Mund zu führen und einen Kuss darauf anzudeuten. Seine Mutter kann nicht anders, sie muss lächeln, als sie ihm die Hand wieder entzieht und weiterknetet.

»Muris, Muris«, sagt sie kopfschüttelnd, dann sieht sie zu Adnan hinüber, der am Küchentisch sitzt und finster zu Muris hinüberblickt. »Guck mal, dein großer Bruder hat schlechte Laune, weil du heute Nacht nicht nach Hause gekommen bist. Also, wo warst du?«

Muris zuckt mit den Schultern und lässt sich neben Adnan auf einen Stuhl fallen, ohne ihn zu beachten. Seinen bösen Blick spürt er trotzdem. »Unterwegs. Und dann war es so spät, dass ich bei Ferhat geschlafen hab.«

»Und nicht Bescheid gesagt hast du!«, sagt seine Mutter und wischt sich mit dem Unterarm über die Stirn. Sie schwitzt, ihre Haare, die sie mit einem bunten Tuch hochgebunden hat, sehen feucht aus, und ihr eng anliegendes Oberteil hat Flecken, aber trotzdem findet Muris sie hübsch. Ist sie auch. Seine Mutter ist eine schöne Frau, mit ihren immer noch dunklen Haaren und den blitzenden hellen Augen, auch wenn sie nicht mehr ganz so schlank ist wie früher.

»Wo ist Tata?«, fragt Muris und fährt mit dem Finger in die Schüssel mit frischem Tabouleh*.

»Auf der Arbeit natürlich«, sagt seine Mutter und schlägt ihm leicht auf die Hand. »Und lenk nicht ab! Wir haben gesagt, dass du anrufst, wenn du nicht nach Hause kommst! Immer!«

* Salatgericht aus dem Libanon.

»Jaja, tut mir leid, wirklich«, murmelt Muris, leckt sich den Finger ab und steht wieder auf. »Ich muss gleich wieder los, arbeiten.«

»Arbeiten!«, schnaubt Adnan. »Arbeiten! Strafarbeit, wenn schon!«

Muris ignoriert ihn. »Mama, wo ist denn meine dunkle Jeans? Die Diesel?«

Seine Mutter rollt die Augen. »Erst gucken, dann fragen! Im Schrank natürlich, *mala budala**!«

Amra und Elvir laufen im Flur vorbei, laut kreischend. Als Amra Muris entdeckt, stoppt sie abrupt und kommt zu ihm rüber, um ihm einen Kuss zu geben.

»Muri!«, ruft sie und legt ihren Kopf einen Moment an seine Brust. »Mein Muri!«

Muris drückt sie kurz an sich, für einen Moment wird ihm richtig warm ums Herz. Aber dann läuft Amra auch schon wieder hinaus, hinter Elvir her, der laut nach ihr ruft.

Muris' Mutter lächelt, und Adnan trinkt seinen Tee aus und sieht hoch. Seine Augen sind zu schmalen Schlitzen zusammengekniffen. Als wenn er alles wüsste. Muris bekommt eine Gänsehaut. Plötzlich, für einen Moment, verwischt das Gesicht seines Bruders, sieht aus wie das Gesicht des Jungen an der Tankstelle. Sein Blick, sein offener Blick und dann das Erstaunen in seinen Augen. Totales Erstaunen.

Idiot. So ein Idiot! Was mischt der sich auch ein? Selbst schuld. Ist doch wahr!

Er ist noch nicht an der Tür zu seinem Zimmer angelangt, das er sich mit Elvir und Adnan teilt, als er hart am Arm herumgerissen wird. Adnan steht dicht vor ihm, seine Augen wie helle, gleißende** Scheinwerfer.

Adnan und seine Mutter haben sehr helle Augen, Muris hat seine dunklen von seinem Vater geerbt. Manchmal findet er das schade.

---

* Kroatisch/bosnisch: kleines Dummchen.

** Sehr hell funkelnd oder glänzend.

»Du warst nicht bei Ferhat«, sagt Adnan. »Ich hab ihn angerufen. Wo warst du?«

»Geht dich nichts an«, sagt Muris und versucht, sich aus Adnans Griff zu befreien, aber vergeblich. Adnan ist nicht nur drei Jahre älter als er, sondern auch größer und viel kräftiger. Kein Wunder, schließlich verbringt er die meiste freie Zeit im Fitnessstudio.

»Du kommst da nicht drum rum, das weißt du!«, zischt Adnan. »Abhauen bringt nichts! Du kannst nicht einfach so tun, als wäre nichts.«

»Lass mich los!« Muris windet sich vergeblich.

»Sei ein Mann und bring das wieder in Ordnung!« Adnan kneift Muris noch einmal hart in den Arm, dann lässt er ihn los. Muris weicht zurück und reibt sich schweigend den schmerzenden Oberarm.

»Wenn du ein Feigling bist, fällt das auf mich zurück«, sagt Adnan und hebt kurz das Kinn. »Ich sag nur: Kümmer dich drum. Bring es in Ordnung, egal wie.« Dann dreht er sich um und geht zurück in die Küche.

Muris bleibt noch einen Moment lang stehen und reibt sich den Arm. Er ist so wütend, dass er es kaum aushalten kann.

Und dann ist da noch dieses unerträgliche Gefühl, das er in sich spürt, seit er im Geräteschuppen aufgewacht ist.

Angst.

Mascha

Mia ist aufgeregt, noch mehr als Mascha. Sie steht ganz dicht neben Mascha vor der Glasscheibe am Informationsschalter und starrt die Frau dahinter mit großen Augen an. Die Frau sieht sehr streng aus. Sie lehnt sich zurück, während sie mit einem Kuli auf die Unterlage vor sich klopft.

»Ja, einen Lion Roth habe ich hier, allerdings liegt er auf der Intensivstation. Da müsstet ihr euch oben anmelden. Seid ihr mit ihm verwandt?«

Mascha schaltet schnell und nickt, aber Mia schüttelt den Kopf. Dann bemerkt sie Maschas Blick.

»Äh, also … ja, doch … äh … um die Ecke*!«, stammelt sie und grinst schief.

Die Frau hinter der Glasscheibe seufzt, und ihr Blick wandert zu einem Pärchen, das jetzt hinter Mia und Mascha an den Tresen getreten ist. »Auf der Intensivstation sind nur enge Angehörige zugelassen. Und Minderjährige nur in Begleitung von Erwachsenen, deshalb müsstest du dann …«, sie sieht jetzt nur Mascha an, »… in Begleitung eines Elternteils kommen.«

»Aber das geht doch …«, beginnt Mia zu protestieren, doch Mascha zieht sie vom Tresen weg.

»Danke!«, ruft sie der Frau noch zu, die sich bereits dem wartenden Pärchen zugewandt hat, dann zerrt sie Mia weiter, in Richtung der Fahrstühle.

»Was denkt die denn, Mensch?«, schimpft Mia. »Das geht die doch gar nichts an, ob wir verwandt sind oder nicht!«

»Mia, reg dich ab«, sagt Mascha und bleibt stehen. Die Fahrstuhltür geht gerade auf, ein sanfter Gong ertönt, und ein älteres Ehepaar und ein Krankenpfleger treten hinaus und eilen an ihnen vorbei. »Komm, wir fahren einfach direkt hoch und gucken, ob wir so reinkommen.«

Mias Augen leuchten. »Klar! Zur Not sagen wir, dass Lion uns erwartet, oder jedenfalls dich, und wenn sie dann bei ihm nachfragen, lassen sie dich bestimmt rein.«

Sie steigen in den Fahrstuhl, der zügig nach oben fährt und im vierten Stock hält. Mascha fällt auf, dass sie gar keine Etage gedrückt hat und auch nicht weiß, wo die Intensivstation überhaupt ist. Die beiden Krankenschwestern, die jetzt den Fahrstuhl betreten, sind in ein Gespräch vertieft, Mascha will sie nicht stören. Sie wendet sich den Schaltknöpfen zu; tatsächlich, neben den Etagennummern stehen die Stationen. Die Intensivstation ist in der ersten Etage, also müssen sie wieder runter.

* Entfernt miteinander verwandt sein.

»Woher weißt du eigentlich, dass er hier in diesem Krankenhaus liegt?«, fragt Mia, die inzwischen ihr Handy herausgeholt hat. »Mist, kein Empfang!«

»Haben die Polizisten gesagt, die mich nach Hause gebracht haben.« Mascha lehnt sich an die Wand und schließt kurz die Augen, während der Fahrstuhl wieder nach unten gleitet.

Die Polizisten waren wirklich nett; zwei ganz junge Typen, wahrscheinlich kaum älter als sie selbst. Noch während dieser pickelige Junge sie festgehalten und von dem Mann weggezogen hatte, waren zwei Polizeiautos gekommen, kurz danach auch schon der Krankenwagen. Eine ältere Polizistin hatte Mascha in einen Transporter geführt, sie ein wenig beruhigt und ihre Aussage aufgenommen. Als die beiden jungen Polizisten sie dann nach Hause gefahren hatten, war Lion schon abtransportiert.

Die Polizisten hatten sogar versucht, sie zu trösten. »Dein Freund kommt schon wieder auf die Beine!«, hatte der eine gesagt, und der andere hatte ihr zugezwinkert und über Funk nachgefragt, in welches Krankenhaus Lion gebracht worden war.

Intensivstation. Warum liegt er denn auf der Intensivstation? Liegen da nicht nur die ganz schlimmen Fälle?

Der Gong ertönt, und Mascha macht die Augen wieder auf. Die Krankenschwestern steigen mit ihnen aus und laufen links den Gang hinunter.

»Da lang!«, sagt Mia. »Guck mal.« Sie zeigt in die andere Richtung, wo am Ende des Gangs eine geschlossene Tür den Weg versperrt. »Station 22 – Intensivstation«, steht auf dem, das dorthin zeigt. Rechts und links neben der Tür stehen ein paar Stühle, auf einem sitzt ein Mann, der auf seine gefalteten Hände starrt. Als Mascha und Mia näher kommen, sehen sie, dass rechts neben der Tür ein Klingelknopf über einer Sprechanlage angebracht ist und ein Hinweisschild daneben: **Besucher bitte anmelden.**

Mascha bleibt unschlüssig davor stehen. »Mensch, was sage ich denn jetzt am besten?«

Mia zuckt mit den Schultern und holt wieder ihr Handy heraus. »Dass du deinen Bruder besuchen möchtest? Oder deinen Cousin?«

Hinten aus dem Fahrstuhl tritt ein Typ mit einer Kamera um den Hals und einer großen Tasche über der Schulter. Er sieht sich suchend um, dann kommt er mit schnellen Schritten auf sie zu.

»Ach, Cousin, das glauben die doch nie!«, sagt Mascha und wirft einen kurzen Blick auf den Mann neben der Tür, der immer noch auf seine gefalteten Hände starrt. Er trägt ein kleines Käppi, das gerade mal den Hinterkopf bedeckt, und er sieht sehr besorgt und traurig aus. Plötzlich wird Mascha klar, dass hinter der Eisentür, vor der sie jetzt stehen, gerade Menschen um ihr Leben kämpfen und andere darum bangen, und ihr wird ganz komisch zumute.

Und wenn es Lion total schlecht geht?

Oder wenn er gestorben ist?

Der Gedanke tut richtig weh, und sie muss nach Luft schnappen. Mia sieht erstaunt von ihrem Handy hoch.

»Was ist denn?«

»Ach, nichts«, sagt Mascha, dreht sich zur Sprechanlage und drückt auf die Klingel. Mia starrt sie neugierig an und kommt näher.

Der Typ mit der Kamera steht jetzt neben ihnen und legt seine Tasche auf einen der freien Stühle. Der Mann mit dem Käppi erhebt sich langsam von seinem Stuhl und geht den Flur hinunter, die Arme hinter dem Rücken verschränkt. Es knackt in der Anlage, dann, ein paar Sekunden später, öffnet sich die Tür, und eine dunkelhaarige Schwester fragt: »Ja, bitte?«

»Ich möchte zu Lion Roth«, sagt Mascha und versucht, ganz entspannt auszusehen. »Das ist … also, er erwartet mich.«

Die Schwester zieht die Brauen hoch. »Und wer bist du, bitte?«

Mascha merkt, wie sie rot anläuft. Aber eigentlich kann sie doch gut lügen! »Seine … seine Freundin«, sagt sie und merkt sofort, dass sie ihre Chance vertan hat, denn die Krankenschwester tritt einen Schritt zurück und schüttelt den Kopf.

»Das tut mir leid, aber hier bei uns auf der Intensivstation sind nur Angehörige zugelassen, und Minderjährige auch nur in

Begleitung Erwachsener. Das müsstest du dann mit den Eltern deines Freundes besprechen«, sagt sie bedauernd. »Wenn sie einverstanden sind, kann man auch mal eine Ausnahme machen.«

»Ich bin doch Angehörige«, sagt Mascha schwach. »Ich bin … also, ich bin doch seine Freundin!«

Aber sie weiß selbst, dass sie sich jedes weitere Wort sparen kann. Sie kennt Lions Eltern nicht. Eigentlich kennt sie niemanden, den Lion kennt, nur ein paar von seinen Freunden aus der Schule, aber auch nur vom Sehen. Sie ist keine Angehörige.

Und Lions Freundin ist sie eigentlich auch nicht. Sie haben sich genau zwei Mal verabredet und ein einziges Mal richtig geküsst. Gestern Abend. Ein paar Minuten, bevor sie zur Tankstelle gegangen sind.

Die Schwester nickt Mascha freundlich zu und will die Tür schon zuziehen, aber da hebt Mascha die Hand.

»Wie geht es ihm denn? Können Sie mir das nicht wenigstens sagen? Und ihn grüßen?«

Für einen Moment sieht die Schwester fast traurig aus. Dann zuckt sie mit den Schultern. »Das werde ich machen, wenn er aufwacht«, sagt sie. »Wie heißt du denn?«

»Mascha.«

Die Schwester nickt und zieht die Tür zu.

»Voll doof!«, sagt Mia mitfühlend. »Mist!« Sie guckt wieder auf ihr Handy, und plötzlich weiten sich ihre Augen. »He, das ist ja … guck mal, du bist in den Nachrichten!«

Mascha runzelt die Stirn, aber Mia stellt sich dicht neben sie und zeigt ihr das Handy. »Guck!«

Mascha braucht einen Moment, bis sie erkennt, was da auf dem Display zu sehen ist. Ein Foto von einer Tankstelle. Mehrere uniformierte Polizisten, die sich offenbar beraten. Ein dunkelhaariger Mann, der mit dem Rücken zur Kamera steht und gerade interviewt wird. **17-jähriger Schüler nach brutalem Angriff im Koma** steht obendrüber, darunter folgt ein etwas längerer Text. Aber Mascha kann sich nicht richtig konzentrieren, ihn zu lesen. Ein Wort hat sich in ihr Hirn gebrannt.

»Koma?«, fragt sie irritiert. »Wie, er liegt im Koma? Was … was heißt das denn jetzt?«

Mia sieht sie achselzuckend an. »Na, hier steht, dass sie noch nicht wissen, ob er bleibende Schäden davongetragen hat. Und wann und ob er überhaupt wieder aufwacht.« Sie beißt sich auf die Lippen. »Echt, das tut mir total leid, Mascha!« Sie will Mascha in den Arm nehmen, aber irgendwie geht das für Mascha jetzt gerade nicht. Sie weicht zurück und schüttelt den Kopf. Im selben Moment hört sie ihren Namen.

»Mascha?«, ruft jemand.

Sie dreht sich um. Der Typ mit der Kamera lächelt sie an. Er ist näher gekommen, hält die Kamera jetzt in der Hand und auf sie gerichtet. »Mascha? Du bist die Freundin des Jungen, der im Koma liegt, ja? Darf ich ein Foto von dir machen? Und vielleicht willst du ein paar Sätze sagen? Warst du heute Nacht denn auch dabei?« Er hebt die Kamera. Mascha steht einen Moment wie starr, dann schüttelt sie wieder den Kopf. »Nein, ich …« Hilfe suchend sieht sie zu Mia, aber die steht nur mit offenem Mund neben ihr.

Der Typ mit der Kamera kommt noch näher. »Heftige Geschichte, echt schlimm!«, sagt er und lächelt noch breiter. »Wie sah denn der Kerl aus, der deinen Freund zusammengeschlagen hat?« Er drückt auf den Auslöser, und es klickt, einmal, zweimal, noch einmal.

Mascha dreht sich schnell weg. »Nein, lassen Sie mich in Ruhe!«, sagt sie, hebt einen Arm vors Gesicht und hört es erneut klicken. »Mann, lassen Sie das!« In die Ecke gedrängt, steht sie da, den Rücken zur Tür. An ihrem Arm vorbei sieht sie, dass der Typ jetzt prüfend aufs Display blickt, und sie nimmt all ihre Kraft zusammen und drängelt sich an ihm vorbei.

»He, nur ein Foto! Das kann doch helfen, den Typen zu kriegen, diesen miesen Schläger!«, sagt der Fotograf. »Das willst du doch auch, oder?«

Mascha zögert, und Mia, die ihr widerwillig gefolgt ist, dreht sich halb zum Fotografen um. Wieder ist das Klicken zu hören, und Mascha weiß für einen Moment einfach nicht, was sie machen soll. Unschlüssig steht sie da, dann fällt ihr Blick auf den Mann mit dem Käppi, der weiter hinten im Gang stehen geblieben ist. Er sieht jetzt nicht mehr besorgt aus, sondern aufgebracht.

»Lassen Sie das!«, ruft er und kommt mit schnellen Schritten auf sie zu. »Lassen Sie die Mädchen in Ruhe! Sie haben hier nichts zu suchen! Das hier ist eine Intensivstation! Hier gibt es nichts zu sehen!«

Das Klicken verstummt, dann hört man es wieder.

»Komm, Mia!«, sagt Mascha und setzt sich in Bewegung. Schnell läuft sie an dem Mann mit dem Käppi vorbei. Zwanzig, dreißig Schritte sind es bis zum Fahrstuhl, dessen rettende Türen tatsächlich offen stehen. Aber erst, als sie und Mia hineingesprungen sind und die Türen sich hinter ihnen schließen, erst da spürt Mascha, dass sie am ganzen Körper zittert.

»Krass!«, sagt Mia und schüttelt den Kopf. Sie sieht aufgeregt aus, erstaunt und fast auch ein bisschen erfreut – eine eigenartige, nicht ganz passende Mischung. »Mensch, ist das krass! Das war ein Reporter. Wahnsinn!«

Ja, Wahnsinn.

Alles ist Wahnsinn.

Lion und sie haben sich geküsst. Gestern Abend.

Und jetzt liegt er im Koma.

Blendi

Der ganze Tag ist irgendwie so, wie er angefangen hat: stressig. Und keine Veränderung in Sicht.

Die Wunden, die die Fingernägel seiner Mutter in Blendis Unterarm hinterlassen haben, sind zum Glück nicht tief und hören auch bald auf zu bluten. Aber es dauert ziemlich lange, bis seine Mutter sich wieder einigermaßen beruhigt hat. Es ist ja nicht das erste Mal, dass sein Vater die Reißleine zieht und abhaut, aber diesmal kriegt seine Mutter sich ewig lang nicht mehr ein.

Erst nach einer gefühlten Ewigkeit hat Blendi sie so weit, dass sie aufstehen und in die Küche gehen kann, wo er ihr ein Glas Wasser einschenkt und dann eine Tasse Tee, die noch vom Frühstück übrig ist. Blendi nimmt sich auch eine Tasse Tee.

Blendis Mutter starrt in ihre Tasse. »Dieser Mistkerl! All die Mühe, all der Kummer ... Wäre ich bloß nicht mit ihm hergekommen! Jetzt sitze ich hier, allein, und kann nicht mehr zurück ...«

»Mama, du bist doch nicht allein«, sagt Blendi und seufzt innerlich. »Edona und ich sind doch noch da, und deine ganze Verwandtschaft ... Tante Vanja und Skodrar und ...«

Seine Mutter sieht auf. Ihre Augen sind rot unterlaufen, ihr Gesicht fleckig vom Weinen. »Aber mein Herz!«, schluchzt sie. »Mein Herz ist einsam! Und du und deine Schwester, ihr seid auch bald aus dem Haus. Edona kann es kaum erwarten! Ihr braucht mich doch gar nicht mehr!«

Da hat sie zum Teil recht, aber was soll Blendi dazu sagen? »Ja, nee, aber ich ... ich doch nicht«, stammelt er und trinkt einen Schluck Tee. Der schmeckt scheußlich, bitter und abgestanden, und Blendi muss sich beherrschen, um ihn nicht gleich wieder zurück in die Tasse zu spucken. »Ach, Mama«, sagt er schnell. »Das wird schon wieder. Baba kommt bestimmt bald wieder. Der ist nur sauer. Kennst ihn doch!«

Doch seine Mutter schüttelt stumm den Kopf und stiert* schniefend in ihre Teetasse.

Blendi sucht nach weiteren tröstenden Worten, aber ihm fallen keine ein. Schließlich steht er auf, gießt den Tee ins Spülbecken und wäscht die Tasse gleich ab, obwohl sie ja einen Geschirrspüler haben. Seine Mutter hinter ihm schnieft immer noch, und plötzlich kann Blendi das Geräusch nicht mehr ertragen. »Ich mach mal das Radio an, ja?«, sagt er und drückt auf den Einschaltknopf. Gerade verklingt der letzte Akkord** eines Schlagers, dann ertönt die Stimme des Sprechers. »Die eskalierende Jugend-

---

* Bewegungslos vor sich hin schauen.

** Harmonischer Zusammenklang mehrerer Töne.

gewalt wird immer mehr zum Problem in der Hauptstadt. In der Nacht wurde wieder eine brutale Attacke auf einen Jugendlichen verübt. Laut Polizei wurde der 17-Jährige an einer Kreuzberger Tankstelle offenbar grundlos von einem anderen Jugendlichen angegriffen und zusammengeschlagen. Der 17-Jährige liegt seitdem im Koma, der Täter ist flüchtig.«

Blendi trocknet die Tasse ab, die er immer noch in der Hand hält, während der Sprecher zum nächsten Thema übergeht. Dann stellt er sie langsam ab. Auf seinen Armen zeichnet sich eine Gänsehaut ab.

Der Hüpfer liegt im Koma?

So übel hat der Typ zugeschlagen?

»Hast du gehört, Mama?«, fragt er und dreht sich zu seiner Mutter um. Aber die schnieft immer noch über ihrer Tasse. Ihr Rücken sieht ganz krumm aus, und die Haare am Ansatz, sieht Blendi, wachsen schon wieder dunkel nach. Für einen Moment ist Blendi in Versuchung, ihr die ganze Geschichte zu erzählen; vielleicht lenkt sie das ab? Aber wahrscheinlich regt sie sich nur noch mehr auf.

Blendi holt Luft. »Ich muss mal los«, sagt er. »Was erledigen. Bis später.«

Seine Mutter reagiert nicht. Sie starrt weiter in ihre Tasse, und als Blendi ihr tröstend die Hand auf die Schulter legt, fühlt sich das so an, als ob er eine Schaufensterpuppe berührt.

Als Blendi auf die Straße tritt, trifft ihn die Hitze mit voller Wucht, und einen Moment überlegt er, ob er zurückgehen und seine Shorts anziehen soll. Aber dann entscheidet er sich dagegen.

Tief atmet er die warme Sommerluft ein und zieht sein Handy heraus.

Eigentlich braucht er nicht nachzusehen; Nina hat sowieso nicht angerufen.

Peinlich. Peinlich ohne Ende. Wie sie ihn angesehen hat, gestern Abend im Roxxclub!

»Hä? Was willst du?«

»Deine Nummer. Oder, äh, ich kann dir auch meine geben. Also, wenn du willst. Dann kannst du mich mal anrufen!«

»Ja, und dann?«

Ihre Augen sahen ganz anders aus als sonst, irgendwie kalt. Desinteressiert. Genervt. Dabei hat sie ihn doch immer mal wieder angelächelt in den letzten Wochen, oder hatte er sich das nur eingebildet?

Er hat ihr seine Nummer aufgeschrieben, auf den Bierdeckel, der unter ihrer Flasche lag, und dann war er schnell gegangen. In seinem Rücken hatten ein paar Mädchen laut gelacht. Er hatte nicht hingesehen.

Und trotzdem findet er es gut, dass er ihr seine Nummer gegeben hat. Auch wenn sie nie anrufen wird.

Aber vielleicht ja doch. Oder?

Unschlüssig läuft er die Straße hinunter, die in der Mittagssonne wie ausgestorben daliegt. Erst auf der größeren Querstraße ist mehr los. Autos fahren vorbei, darunter ein Cabrio mit heruntergefahrenem Deck*, die Fahrerin trägt eine riesige Sonnenbrille. Vor den Cafés hocken einige müde Gestalten unter den Sonnenschirmen, und ein paar Jugendliche lungern an der Ecke herum und machen sich über eine deutsche Familie in feiner Kleidung lustig, die offenbar vom Kirchgang** kommt.

Blendi hat immer noch den üblen Teegeschmack im Mund, ein Kaffee wäre jetzt gut. Einen Fünfer hat er noch in der Hosentasche, dazu ein bisschen Kleingeld. Vielleicht ist in seiner Minibag noch Geld? Als er darin herumkramt, fällt ihm eine aufgerissene Packung Kaugummis in die Hände. Nachdenklich starrt er sie an.

Die hat er heute Nacht gekauft, zusammen mit einer Dose Red Bull. Wo ist die eigentlich abgeblieben?

Er kann sich nicht erinnern, sie getrunken zu haben. Aber er weiß noch genau, wann er sie zuletzt in der Hand hatte. Er war schon fast auf dem Gehweg hinter der Tankstelle gewesen und

* Autodach.

** Gang zur Kirche, um den Gottesdienst zu besuchen.

wollte die Dose gerade öffnen, als er den Ruf gehört hatte. Eine tiefe Männerstimme, die sehr laut »He! Was soll das!« rief, nicht weit von ihm entfernt. Für einen Moment hatte er gezögert – immerhin war er ja gerade einer brenzligen Situation entkommen. Er war schnell weitergegangen, ohne sich noch mal umzudrehen. Warum auch? Von solchen Typen muss man sich fernhalten. Das hätte der Hüpfer doch auch wissen können. Warum in aller Welt hatte der sich überhaupt eingemischt? Lebensmüde oder was?

Aber dann hatte sich Blendi doch umgedreht.

Die Stimme hatte so ernst geklungen.

Und eigentlich hatte er da schon geahnt, was er sehen würde.

Er hatte eigentlich weitergehen wollen, weg, aus der Schusslinie, einfach nur in Ruhe nach Hause. Um dort in sein Kissen zu heulen.

Aber in irgendeinem Winkel seines Hirns hatte er gewusst, dass er es ausschließlich dem Hüpfer zu verdanken hatte, dass er jetzt hier stand und nicht dort hinten, an der Tür zur Tankstelle.

Und er hatte ihm auch zu verdanken, dass nicht er derjenige war, der am Ende auf dem Boden lag, um den Kopf herum einen grotesken* Heiligenschein aus Blut.

Blendi schließt die Augen, dann holt er tief Luft und macht sie wieder auf.

»Na, Schöner?« Einer der Jungs von der Ecke steht in seiner Nähe. Libanese oder Palästinenser ist er, das sieht Blendi sofort. Und Stress machen will er auch. Um seine Kumpels zu beeindrucken, die johlend auf der kleinen Mauer um die Grünfläche herumhängen und grinsend zu ihrem Kumpel und Blendi herübersehen. »Was hast du denn so in deinem Täschchen drin?«

Blendi zieht sich der Magen zusammen. Aber nur kurz. »Nichts, was dich interessieren könnte«, sagt er schnell und zieht die Kaugummipackung heraus. »Außer das hier!« Er wirft dem Typen die Kaugummis zu, und der fängt sie so zielsicher auf, als hätte er nur darauf gewartet. »Schönen Sonntag noch!«

---

* Sonderbar, verzerrt wirkend.

Drei, vier, fünf Schritte, dann bricht hinter ihm mehrstimmiges Johlen aus. Blendi geht weiter. Diesmal dreht er sich nicht um.

Warum er schließlich dort landet, kann er später selbst nicht mehr sagen. Irgendwie führen ihn seine Schritte wie von selbst in die Richtung. Die Straße weiter hoch, über die große Kreuzung, am bogenförmigen Denkmal und der Einfahrt zum ehemaligen innerstädtischen Flughafen Tempelhof vorbei bis zur nächsten Kreuzung, an der er stehen bleibt.

Die Tankstelle dort drüben auf der anderen Seite liegt im hellen Sonnenlicht. Zwei Autos stehen an den Säulen, einer der Fahrer tankt gerade, vom anderen ist nichts zu sehen.

Alles ruhig. Harmlos. Als wäre überhaupt nichts passiert.

Blendi überlegt kurz, dann überquert er die Straße und springt vor einem hupenden Motorradfahrer gerade noch rechtzeitig auf den Gehweg. Der Fahrer, der soeben getankt hat, geht jetzt in den Shop hinein, eine Frau mit gelber Sommermütze kommt ihm entgegen und läuft lässig auf die Tanksäule zu.

Links neben der Tür liegt etwas. Blendi kneift die Augen zusammen, dann geht er näher heran.

Auf dem Asphalt ist ein dunkler Fleck zu sehen. Er hat die Form einer Wolke.

Rechts daneben liegt ein ausgespucktes Kaugummi.

Und daneben eine rote Rose.

Blendi starrt auf den Asphalt. Er zieht sein Skizzenbuch heraus und zeichnet die Rose ab, ihre Umrisse, mit wenigen Strichen, die Wolke darum, den Rahmen der Tür. Dann dreht er sich um und geht, mit kurzen, schnellen Schritten.

2 MONTAG

Muris

So früh am Morgen sind Adnans Kumpels noch nicht unterwegs. Gutes Timing ist alles, so kann Muris unauffällig verschwinden. An der U-Bahn-Station steht ein Radfahrer vor einem Kiosk und studiert die Zeitungen, die zusammengefaltet in einem Ständer stecken. Als er zur Seite tritt, leuchten Muris die Schlagzeilen entgegen.

Einen Moment lang bleibt er stehen, dann läuft er weiter auf den Kiosk zu, an dem jetzt zwei junge Männer warten, um Zigaretten zu kaufen. Als Muris sich hinter ihnen anstellt, deutet einer von beiden auf die Schlagzeilen.

»Krass, wa? War bestimmt wieder so ’n halber Irrer, so ’n Aggro!«

»Nee.« Sein Kumpel bückt sich, um den Text unter der Schlagzeile zu lesen. »Wetten, das ging um Kohle? Ha, guck mal, die Beschreibung: ca. 1,80 m groß, dunkle, kurze Haare, weiße Jeans, dunkles T-Shirt, schwarz-weiße Turnschuhe der Marke Air Max. Echt, so laufen doch fast alle rum!«

Muris’ Magen zieht sich für einen Moment zusammen, dann zwingt er sich, ein ausdrucksloses Gesicht aufzusetzen. »Braucht ihr noch länger, oder kann ich eben vor?«, fragt er mit extra weicher Stimme, und die beiden Typen drehen sich zu ihm um.

Einen Moment lang mustern sie ihn, dann treten sie beide wie auf Kommando zur Seite.

»Nee, du kannst ruhig vor«, sagt der, der gerade noch die Täterbeschreibung vorgelesen hat, und Muris greift sich eine Zeitung, legt sie auf den Tresen und noch ein Päckchen Kaugummis dazu.

»Das is’ alles«, sagt er und spürt genau, wie ihn die beiden Typen mustern, von oben bis unten. Als die Verkäuferin ihm das Wechselgeld reicht, dreht er sich abrupt um, noch während er es einsteckt, und geht leicht in die Knie. Die beiden Typen weichen kaum merklich zurück. Muris lächelt, sein ganz besonderes Lächeln, das er sich für solche Weicheier antrainiert hat, die er ein bisschen einschüchtern will. Dann geht er mit federnden Schritten zwischen ihnen hindurch und grinst. Bevor er um die Ecke biegt, schlägt er sich zweimal mit der Zeitung in die Hand.

Es klingt wie ein Doppelschuss, kurz und hart.

Den Bericht liest er auf dem Bahnsteig, bevor der Zug einfährt. Viel steht nicht drin, nur ein paar Sätze: dass ein 17-Jähriger in der Nacht auf Sonntag an einer Tempelhofer Tankstelle offenbar grundlos niedergeschlagen wurde und seitdem im Koma liegt. Dazu die Täterbeschreibung, die Zeugen abgegeben hatten.

Zeugen? War da nicht nur dieses Pickelgesicht, dieser mickrige Typ mit seinem lächerlichen Umhängetäschchen, der überhaupt an allem schuld war? Hätte Pickelfresse ihm nicht den Weg versperrt, dann wäre das doch alles nicht passiert. Und überhaupt, dieser Schwachkopf da mit seinen Rastalocken, der hatte auch selbst Schuld. Hätte er sich mal nicht eingemischt. Judenarsch.

Muris wird richtig wütend und schlägt sich mit der Zeitung wieder in die Hand und lässt sie dann auf die Bank neben sich fallen. Die ältere Frau, die dort sitzt, schaut irritiert zu ihm auf. Muris schiebt das Kinn vor und sieht sie herausfordernd an. Schnell wendet sie den Blick ab.

Ein Rauschen kündigt den sich nähernden Zug an, und Muris streckt die Hände in die Hosentaschen und reckt sich. Als der Zug einfährt und die ältere Frau Anstalten macht, sich von der Bank zu erheben, tritt er spaßeshalber einmal heftig dagegen. Erschrocken zuckt sie zusammen. Muris grinst und schlendert lässig zur U-Bahn hinüber.

Hätte die Rastalocke einfach die Klappe gehalten, dann wäre ihr auch nichts passiert.

Und wenn er selbst auch die Klappe gehalten hätte, vor ein paar Tagen im Park, dann hätte er jetzt nicht Yasin und seine widerlichen Kumpels im Genick.

Blendi

Das Display zeigt 09:40. Verschlafen reibt Blendi sich die Augen und sieht noch mal drauf. Tatsächlich, zwanzig vor zehn. Er hat verschlafen, und wie!

Trotzdem lässt er sich Zeit mit dem Aufstehen und sucht in Ruhe seine Klamotten zusammen. Ein frisches Hemd, von seiner Mutter gebügelt, Socken, Boxershorts. Die Jeans von gestern kann er noch mal anziehen. Er hat sie schon fast an, als er einen dunklen Fleck unten am Saum entdeckt. Ungläubig beugt er sich hinunter. Ist das Blut? Ist er wirklich gestern den ganzen Tag mit einer blutigen Hose rumgerannt?

Er zieht die Hose wieder aus und nimmt sich eine andere aus dem Schrank, eine helle Jeans, die er eigentlich nicht gut leiden kann, aber es ist die einzige, die da liegt. Dann geht er in den Flur und öffnet leise die Haustür. Seine Sneaker stehen draußen, neben den Stiefeletten seiner Mutter und Edonas Ballerinas. Vorsichtig hebt er sie hoch und betrachtet sie von allen Seiten.

Ja, da ist auch Blut. Ein eingetrockneter, daumengroßer Blutfleck auf Höhe des kleinen Zehs. Blendi stellt die Schuhe wieder hin und schließt die Tür hinter sich. Im selben Moment klingelt das Telefon in der Küche. Fast augenblicklich nimmt seine Mutter ab.

»Po?«

Als Blendi im Türrahmen erscheint, nimmt sie den Hörer gerade in die andere Hand, zieht an ihrer Zigarette und runzelt die Stirn. »Ja … ja, das ist richtig. Blendi? Ja …« Sie wirft Blendi einen forschenden Blick zu und runzelt die Stirn. »Aber … nein, er muss … er ist in der Schule, ja!«

Blendi geht rüber zum Kühlschrank und nimmt eine angebrochene Milchtüte heraus. Seine Mutter bedeutet* ihm mit einem hektischen Winken, leise zu sein, und so lehnt er sich rücklings

* Durch Zeichen mitteilen.

gegen die Spüle und sieht ihr zu, während er fast lautlos die Milch direkt aus der Packung trinkt.

»Gut, ja, das … immer bis 16 Uhr. Ach so … bekommt er eine Entschuldigung, ja. Gut! Morgen um zehn Uhr. Ja, danke!« Sie legt auf und sieht mit immer noch gerunzelter Stirn zu Blendi hoch. »Du sollst zur Polizei kommen, eine Aussage machen. Wegen Samstagnacht. Was war denn da, Blendi?« Ihre Stimme fährt hoch, als sie ihre Zigarette ausdrückt. »Ist was passiert?«

Blendi seufzt. »Nichts, Mama. Ich hab nur was gesehen. Eine Prügelei. Was da gestern schon im Radio kam.«

Seine Mutter sieht ihn verständnislos an. »Im Radio?«

»Ja, im Radio. Läuft doch die ganze Zeit, über den Typen, der jetzt im Koma liegt. Im Fernsehen kam es auch.« Das hätte er sich denken können, dass seine Mutter nichts, aber auch gar nichts davon mitgekriegt hat. Seit sein Vater gestern die Biege gemacht hat, kümmert sie sich um nichts mehr. Den ganzen Tag über hat sie gestern herumgesessen, geraucht und mit ihrer Schwester im Kosovo telefoniert, oder sie hat geweint und vor sich hin gegrübelt. Die Küche sieht aus wie Sau, gekocht hat sie gestern auch nichts, und sie selbst trägt immer noch ihr Nachthemd und den Morgenmantel.

»Und du warst dabei, oder wie?«, fragt sie jetzt. Auf ihrer Stirn hat sich eine steile Falte gebildet, und mit einer fahrigen Bewegung fischt sie eine neue Zigarette aus der Packung, die schon fast leer ist. »Wann war denn das? Hast du da etwa was mit zu tun?«

»Nein, Mama. Ich war nur in der Nähe und bin hingelaufen, als der Typ am Boden lag. Der andere ist weggelaufen. Und dann hab ich eine Aussage gemacht, aber wahrscheinlich wollen sie noch mal dasselbe hören, keine Ahnung.«

Komisch, so misstrauisch, wie seine Mutter ihn ansieht, hat er fast das Gefühl, tatsächlich beteiligt gewesen zu sein.

Ist er ja auch. Ohne ihn läge der Typ jetzt wahrscheinlich nicht im Koma. Oder?

»Aber sie haben gesagt, der Schläger sei südländischer Herkunft gewesen, wahrscheinlich Türke oder Araber«, sagt seine Mutter und zündet sich die Zigarette an, um hektisch daran zu ziehen. Also hat sie doch was mitbekommen!

»Hm, kann sein.« Blendi zuckt mit den Schultern, dann stößt er sich von der Spüle ab. »Ich muss los!«

»Du bist sowieso viel zu spät dran!«, sagt seine Mutter. »Aber ich hab genug davon, euch hinterherzulaufen. Du bist alt genug, um selbst deinen Wecker zu stellen. Ich hab die Nase voll davon, mich um euch zu kümmern! Man macht und tut, und dann haut ihr einfach ab, alle nacheinander, du, Edona, dein Vater ...« Sie schluchzt auf und schlägt die Hände vors Gesicht.

Hilfe, geht das schon wieder los?

»Ach, Mama, so ist das doch gar nicht«, sagt Blendi und legt ihr die Hand auf die Schulter. »Komm, das wird schon wieder! Also, ich muss jetzt los. Bis nachher!«

Zumindest nickt seine Mutter, zum Zeichen, dass sie ihn gehört hat. Das ist schon mal was.

Als Blendi die Wohnungstür hinter sich zuzieht und nach seinen blutbefleckten Schuhen greift, zögert er einen Moment. Dann beißt er die Zähne zusammen und schlüpft hinein.

Der Typ war kein Türke, und Araber war er auch nicht. Da ist sich Blendi ziemlich sicher. Die Frage ist nur, ob er das bei der Polizei morgen sagen soll. Oder ob er dann seine eigenen Leute verrät.

Mascha

»Mascha! Min Söten*, was machst du denn hier? Hast du heute etwa keine Schule?« Maschas Oma freut sich, das hebt sofort Maschas Stimmung. Sie schmiegt sich kurz in ihre Arme und genießt das Gefühl, von ihrer Oma gehalten zu werden. Es ist jedes Mal so wie früher, als Mascha klein war, auch wenn sich alles verändert hat – das ganze Drumrum, Mascha selbst und ihre Oma ebenfalls. Aus ihrer Oma ist eine ziemlich dünne ältere

* Plattdeutsch: Meine Süße.

Dame geworden, aber das liegt natürlich nicht nur am Alter, sondern am Krebs. Auch wenn sie den überstanden hat.

»Nun sag mal, du schwänzt doch nicht etwa?« Ihre Oma sieht sie prüfend an. Mascha schüttelt den Kopf.

»Quatsch«, sagt sie schnell. »Diese Woche fällt einfach viel aus.«

»Habt ihr denn schon die Ergebnisse von der Mittleren Reife?« Maschas Oma schließt die Tür hinter ihnen und geht in die Küche.

»MSA heißt das jetzt. Mittlerer Schulabschluss. Nein, am Donnerstag kriegen wir die.« Mascha lässt ihre Tasche auf die Küchenbank fallen und setzt sich. Für einen Moment schließt sie die Augen und atmet tief ein. Es riecht genau wie früher, als Oma noch in ihrer eigenen Wohnung gewohnt hat: nach den Blumen, die in der Mitte des Tisches stehen, nach frisch gebackenem Brot und ein kleines bisschen auch nach Kernseife.*

»Na, du wirst es ja sicher gut gemacht haben, was? Willst du einen Kaffee?«

»Gerne«, sagt Mascha und drückt sich noch tiefer in die Sitzpolster der Bank. Als ihre Oma ihr kurz darauf einen Becher hinstellt und sich selbst auch, fühlt sie sich das erste Mal seit Samstagnacht einigermaßen wohl.

»Was macht deine Mutter?«, fragt ihre Oma, und Mascha muss sich beherrschen, nicht aufzustöhnen.

»Gut. Die trifft sich gerade mit ihrem neuen Macker«, sagt sie, und ihre Oma schüttelt den Kopf, während sie auf ihren Kaffee pustet.

»Und, ist der nett?«

»Keine Ahnung. Ich hab ihn noch nicht zu Gesicht bekommen.«

»Ach so«, sagt ihre Oma. »Na, hoffentlich hält das diesmal ein bisschen länger.« Dann betrachtet sie Mascha genauer. »Was ist denn los, meine Kleine? Du weinst ja?«

»Tu ich gar nicht«, sagt Mascha und wischt sich schnell über die Augen. Tatsächlich, ihr Handrücken ist feucht. »Ich hab nur …«

* Einfaches Seifenstück ohne Zusatzstoffe, häufig im Haushalt verwendet.

Plötzlich weiß sie nicht mehr, was sie eigentlich sagen wollte. Sie starrt auf ihre Kaffeetasse. Ihre Oma kommt um den Tisch herum, setzt sich neben Mascha und nimmt ihre Hand zwischen ihre beiden.

»Ach, min Söten, nu erzähl mal. Was ist los?«

Mascha schluckt. Dann schluckt sie noch mal. »Oma, ich hatte dir doch von dem süßen Typen erzählt, mit dem ich verabredet war …«

»Danach wollte ich gerade fragen«, sagt ihre Oma. »Lion, stimmt's?«

Mascha nickt. »Wir haben uns Samstag getroffen. Erst waren wir zusammen eine Pizza essen und dann auf einer Homeparty …«

»Einer was?«, unterbricht ihre Oma sie.

»Homeparty«, wiederholt Mascha. »Also, eine private Party, bei jemandem zu Hause. Und dann …« Sie kann nicht weiterreden.

Die Homeparty bei Aleyda war echt gut, total witzig eigentlich. Klar, ein paar Leute haben sich wie üblich danebenbenommen, zu viel getrunken, und dann waren da auch einige Mädchen, die superalbern getanzt haben, mit wackelndem Po und so, aber sonst war es wirklich gut. Lion war der einzige Junge, der sich auf die Tanzfläche getraut hat!

Mascha muss lächeln bei der Erinnerung, wie er sie schließlich zu sich gezogen und am Ende mitten auf der Tanzfläche geküsst hat. Aber dann streicht ihre Oma ihr über die Hand, und sie ist wieder zurück, am Küchentisch, mit einem dampfenden Kaffeebecher vor sich, und Lion steht nicht mehr vor ihr und lächelt sie an, sondern liegt in einem weißen Bett im Krankenhaus. Im Koma.

Sie hat gestern noch nachgelesen, was das eigentlich genau bedeutet. Tiefer Schlaf, so heißt die Übersetzung. Ein Mensch im Koma lässt sich nicht mehr wecken, zeigt keine normalen Reflexe, und seine Pupillen reagieren nicht auf Licht.

Das ist eine komische Vorstellung: Lions Augen, Lions wunderschöne Augen, die nicht mehr auf Licht reagieren, auf gar nichts.

Ob und wann er wieder aufwacht, ist unklar. Und ob er danach wieder ganz der Alte ist, auch.

Eigentlich weiß man wenig über das Koma, so viel hat Mascha begriffen. Nur, dass es lebensbedrohlich ist.

»Und was ist dann passiert?«, fragt ihre Oma, und da bricht alles aus Mascha heraus, die ganze Geschichte, von dem Moment an, in dem sie die Party verlassen hatten, fröhlich und aufgeregt, bis zu dem Augenblick, in dem der Polizist sie nach Hause gebracht und ihre Mutter aus dem Bett geklingelt hatte.

Sie redet sehr schnell, fast atemlos, weil sie weiß, dass sie nicht mehr weiterreden kann, wenn sie nur eine einzige kleine Pause einlegt, und so kommt alles in einem Schwall* aus ihr heraus.

Als sie fertig ist, sieht ihre Oma sehr ernst aus. »Das ist aber eine schlimme Geschichte«, sagt sie und streicht Mascha über den Arm. »Das tut mir sehr leid, wirklich, min Söten. Ich glaube, ich hab auch schon darüber gelesen. Warte mal!« Sie steht auf und kommt mit der aktuellen Tageszeitung zurück, die sie kurz durchblättert und an einer bestimmten Stelle aufschlägt. »Hier, ist das dieser Bericht hier?«

Mascha überfliegt den kurzen Artikel. Er ist sehr sachlich gehalten, die Fakten stimmen. Trotzdem ist es merkwürdig, darüber in der Zeitung zu lesen. So, als hätte das Ganze gar nichts mit ihr zu tun. Mit ihr nicht und auch nicht mit Lion.

»Du magst den Jungen sehr gern, was?«, fragt ihre Oma, und Mascha nickt.

»Glaub schon«, sagt sie. »Aber … ach, ich weiß auch nicht. Mir kommt das alles so unwirklich vor.« Nicht nur die Geschichte an der Tankstelle, sondern auch all das vorher – die Party, der Kuss. Lion selbst kommt ihr unwirklich vor, wie eine Erinnerung an jemanden, den sie früher mal kannte – oder den es gar nicht gibt. Ein komisches Gefühl.

»Möchtest du ihn denn gern besuchen?«

* Große Menge (hier: an Wörtern).

»Ja, schon«, sagt Mascha und dreht ihren Becher in der Hand. »Aber irgendwie auch nicht. Gemein, oder?«

Je mehr Zeit vergeht, desto mehr Angst hat sie davor, Lion in seinem Krankenhausbett zu sehen. »Ich meine, ich kenn ihn ja kaum. Aber irgendwie waren wir uns auch so nah.«

Ihre Oma nickt. »Das versteh ich gut. Pass auf, wenn du ihn besuchen willst, dann helf ich dir dabei.«

»Wie denn?«

Ihre Oma zuckt mit den Schultern und lächelt. »Das lass mal meine Sorge sein. Ob es klappt, weiß ich nicht, aber versuchen können wir es.«

»Gut«, sagt Mascha und nimmt ihren Kaffeebecher hoch. Im selben Moment klingelt ihr Handy. Erschrocken zuckt ihre Oma zusammen.

»Mein Gott, was ist das denn?«

»Ach, das ist nur so ein Song«, sagt Mascha, drückt James Bay weg und hält das Handy nach einem Blick aufs Display ans Ohr. »Mia?«

Mias Stimme klingt so aufgeregt, dass Mascha sie kaum verstehen kann. »Mascha! Hast du das gesehen? Das Foto?«

»Welches Foto?«, fragt Mascha und fingert blind an der Lautstärkeeinstellung herum.

»Na, das im *Berliner Blatt!* Also, das Online-Foto. Das gibt es doch gar nicht! Ich seh da voll peinlich aus!«

»Mia, wovon redest du denn?«, fragt Mascha und zuckt mit den Schultern als Antwort auf den fragenden Blick ihrer Oma.

»Von dem Foto, das der Typ gestern im Krankenhaus von uns gemacht hat! Das ist online. Du bist ja nicht zu erkennen, aber ich!«, ruft Mia und kichert dabei aufgeregt. »Krass, wirklich!«

»Wie, der hat das Foto tatsächlich online gestellt?«, fragt Mascha fassungslos. »Aber wir haben doch …«

»Ja! Musst du dir unbedingt angucken! Und dann ruf mich mal zurück!« Im Hintergrund sind ein paar andere Stimmen zu hören, dann kichert Mia noch einmal nervös und verabschiedet sich, nicht ohne Mascha noch einmal zu ermahnen, sie gleich zurückzurufen.

Mascha wirft ihrer Oma, die sie unverwandt* anstarrt, einen Blick zu, dann ruft sie die *Berliner-Blatt*-Online-Seite auf. Ein Schlagwort muss sie gar nicht eingeben, das Foto leuchtet ihr sofort entgegen: sie und Mia im Krankenhausflur; sie selbst dreht sich gerade zur Seite und hält sich einen Arm vors Gesicht, sodass sie nicht zu erkennen ist. Aber Mia sieht direkt in die Kamera, mit aufgerissenen Augen und halb geöffnetem Mund, auf dem sich ein unsicheres Lachen abzeichnet. Über dem Foto steht in fett gesetzten Lettern:

Geschockt: die Freundinnen des Koma-Jungen!

Mascha starrt das Foto einen Augenblick an, dann hält sie das Handy so, dass ihre Oma es auch sehen kann.

»Das ist ja geschmacklos«, sagt Maschas Oma. »Die sollte man verklagen!«

Merkwürdig, dass Mascha nichts fühlt. Gar nichts. Nur Leere.

Blendi

Blendi geht dann doch noch zur Schule, auch wenn er eigentlich keine Ahnung hat, was er da soll. Aber das geht ihm ja schon länger so.

Er kommt gerade rechtzeitig zur zweiten großen Pause, und auf dem Schulhof stehen die meisten älteren Schüler in kleinen Grüppchen zusammen, während die jüngeren kreischend zwischen ihnen herumtoben. Auf den ersten Blick entdeckt Blendi Nina, seine Augen sind wie Scanner oder wie Infrarotkameras**, nur dass das Wärme abstrahlende Objekt immer Nina ist.

Sie steht hinten in der Nähe des kleinen Tors, zusammen mit Tabea, Laura, Medine und ein paar anderen. Dicht daneben unterhält sich eine weitere Gruppe von Schülern aus ihrer Klasse.

* Fortlaufend, ohne sich abzuwenden.
** Wärmebildkamera, die nicht sichtbares Licht, sondern Wärmeabstrahlung aufnimmt.

Als Blendi langsam auf sie zusteuert, schnappt er im Vorübergehen ein paar Wörter auf.

»... ist doch Scheiße, da muss man doch mal was gegen machen!«

»Und wenn der den provoziert hat?«

»Voll die aggressiven Typen, haben wir hier doch auch ...«

»... im Koma, das ist echt übel.«

In Blendis Nacken prickelt es. Dass das hier jetzt schon Thema ist, hätte er nicht gedacht. Aber klar, im Fernsehen kam ja auch was darüber, das hat er gestern mit seiner Mutter gesehen.

Langsam bahnt er sich den Weg an einer Horde Fußball spielender Siebtklässler vorbei, bis er die Gruppe um Nina erreicht hat. Er nickt ihr kurz zu, aber sie sieht ihn gar nicht an.

»Ich finde, das wird echt zu viel«, sagt Medine gerade. »Dagegen muss man doch mal was unternehmen!«

»Ja, wie, was denn?«, fragt Joshua aus der anderen Gruppe laut zurück. »Willst du jetzt alle üblichen Verdächtigen mit Kameras ausstatten, oder wie stellst du dir das vor?«

»Wer sind denn die üblichen Verdächtigen?« Mumi spuckt auf den Boden. »Wir Muslime, oder was?«

»Mann, sei doch nicht gleich so opfermäßig drauf!« Nina schüttelt den Kopf. »Ihr armen Muslime, immer werdet ihr gleich verdächtigt! Jaja!«

»Na, ist doch so!«, sagt Mumi. »Oder ...« – er legt plötzlich den Arm um Blendi, der damit überhaupt nicht gerechnet hat und heftig zusammenzuckt –, »... oder es sind die fiesen Albaner!«

Die anderen lachen, und Blendi ringt sich ebenfalls ein Lächeln ab, obwohl ihm äußerst unwohl zumute ist, mit Mumis Arm um die Schultern. Der drückt ihn noch mal extra hinunter und nimmt ihn dann weg.

»Ist aber echt schlimm, das. Üble Sache«, gibt er zu.

»Wir könnten eine Demo organisieren«, meldet sich Medine wieder zu Wort. »Ich mein, das war hier in der Nähe. Wir könnten bis zu dieser Tankstelle laufen und demonstrieren.«

Nina nickt nachdenklich, Tabea, Alexander und ein paar andere murmeln zustimmend, und Mumi legt den Kopf schief.

»Wieso denn von unserer Schule aus? Eigentlich müssten wir von der Schule aus los, wo der hingeht. Also nicht der Schläger …« Er lacht, aber nur Joshua lacht mit.

Blendi sieht unauffällig zu Nina hinüber, die ihn gar nicht beachtet. Stattdessen hat sie sich zu Medine gebeugt und tuschelt leise mit ihr.

»Aber irgendwie weiß ja auch keiner, was nun wirklich passiert ist.« Alexander zuckt mit den Schultern. »Ich find immer, man muss echt genau gucken, wie so was eigentlich zustande kommt. Sonst ist das so wie mit dieser Tugze …«

»Tuğçe!«, unterbricht ihn Tabea mit blitzenden Augen. »Nicht Tugze!«

»Ja, okay, Tuğçe, aber da war das ja auch so, dass es hieß, der Typ da hat sie mit der Faust grundlos zusammengeschlagen. Und dann war es ja anders, die hat ihn vorher provoziert, und er hat ihr eine einzige Ohrfeige gegeben.«

»Bloß eine einzige Ohrfeige!«, höhnt Laura. »Das ist ja typisch, als wenn das in Ordnung wäre, eine einzige Ohrfeige!«

»Na ja, aber das ist schon was anderes, als wenn er sie gezielt zu Boden geboxt hätte, oder? Und jedenfalls, jetzt hier, bei der Sache, da weiß man ja eigentlich nichts, da war ja keiner dabei.«

»Doch«, sagt Blendi. »Ich. Ich war dabei.«

Er weiß selbst nicht, wie diese Worte plötzlich aus seinem Mund gekommen sind. Aber jetzt sind sie raus, und alle starren ihn an.

Mumi ist es, der nach ein paar Sekunden als Erster etwas sagt. »Wie, du warst dabei?«, fragt er und rückt ein Stück von Blendi ab. »Was soll denn das jetzt heißen?«

Alle starren ihn an.

Blendi spürt, wie er knallrot anläuft. »Na ja, das soll heißen, dass ich dabei war. Also, ich hab es gesehen. Fast alles.«

Die letzten beiden Worte hätte er nicht sagen sollen. Aus den ungläubigen, fast ehrfürchtigen Blicken um ihn herum wird ein spöttisches Lächeln. Aus Joshuas Mund kommt ein abschätziges Schnauben, und Laura grinst ganz offensichtlich.

»Fast alles, ja?«, sagt Mumi und spuckt erneut auf den Boden. »Ja, genau. Ich auch. Fast alles hab ich gesehen, im Traum, oder was?«

»Nein, ich war ...« Blendi versucht noch, etwas zu retten, aber zu spät. Die anderen haben augenblicklich wieder das Interesse an ihm verloren. »Ich war wirklich dabei!«

Mumi macht eine abwehrende Handbewegung, und Medine wirft ihre langen, dunklen Haare zurück.

»Also, ich finde es gut, wenn wir eine Demo organisieren!«, sagt sie. »Egal, wie das nun genau passiert ist. Lasst uns doch mal überlegen!«

Blendi steht zwischen ihnen, aber es ist trotzdem, als wäre er gar nicht dabei. Keiner beachtet ihn, auch Nina sieht ihn nicht an. Nur Tabea wirft ihm noch einen kurzen Blick zu, bevor sie sich in die Diskussion um die Demonstration einmischt.

Hätte er sich eigentlich auch denken können.

Einen Moment später klingelt es auch schon, und die Truppe setzt sich langsam in Bewegung. Jetzt nickt Nina ihm doch kurz zu, aber ohne ein Lächeln. Dann hakt sie sich bei Medine ein und zieht los.

Nur Tabea bleibt stehen. »Warst du echt dabei?«

Blendi merkt, dass er wieder rot wird, als er nickt. »Ja«, sagt er. »Ich hab da was gekauft, und da hat der mich angerempelt, als ich rauskam. Einfach so!« Er lächelt schief, aber Tabea blickt ihn aufmerksam an, und so erzählt er schnell weiter. »Und da hat sich der andere dann eingemischt, der, der jetzt im Koma liegt. Ich bin weitergegangen, ein ganzes Stück, aber dann hab ich mich umgedreht, und da lag er dann schon da, und der andere rannte gerade weg.«

Tabea runzelt die Stirn. »Also hat er sich eingemischt, um dir zu helfen, oder was?«, fragt sie ruhig.

Blendi nickt nach einem Moment. »Kann man so sagen, ja.«

Von vorn ruft Medine nach Tabea, aber die sieht Blendi weiterhin nachdenklich an. »Und du bist abgehauen«, stellt sie fest.

Blendi wird warm. »Nein, ich bin … ich bin nicht abgehauen, ich bin einfach normal weitergegangen. Und dann bin ich auch gleich wieder zurück, als jemand laut gerufen hat.«

Tabea nickt. Ihre Augen liegen sehr ruhig auf Blendis Gesicht, und ihm wird noch wärmer. Dann nickt sie, dreht sich um und lässt ihn stehen.

Komisch, irgendwie hat er gedacht, dass es cool ist, dabei gewesen zu sein. Aber es ist überhaupt nicht cool.

Muris

»Du bist schon wieder zurück?« Muris' Mutter kommt aus der Küche, als sie ihn im Flur hört. Sie lächelt und wischt sich die Hände an der Schürze ab. »Ich dachte, du hast heute vier Stunden?«

»Zwei. Morgen gehe ich noch mal länger hin, nachmittags«, sagt Muris und hebt die Tüte, die er in der Hand hält. »Mama, tust du mir einen Gefallen? Hilfst du mir beim Haarefärben?«

Muris' Mutter sieht ihn erstaunt an. »Haare färben?«

Muris zuckt mit den Schultern. »Ich will mal gucken, wie das aussieht, so ein bisschen heller. So wie Ferhat.«

Seine Mutter mag Ferhat, das weiß er, auch wenn der Kurde ist. Und dass Ferhats ältere Cousins aus der Türkei in Syrien gegen den IS* gekämpft haben, das findet sie auch gut.

Sie legt den Kopf schief und mustert ihn kurz mit ihren hellen Augen. »Okay, jetzt gleich?«

Er nickt. Seine Mutter lächelt, dann schüttelt sie den Kopf und deutet einladend in Richtung Küche.

Sie braucht eine ganze Weile für die Vorbereitungen, legt Zeitungspapier auf dem Küchentisch aus und sagt Muris, er soll Schaufel und Feger bereitstellen, für alle Fälle.

* »Islamischer Staat«: islamistische Terrororganisation, die für einen muslimischen Staat (»Kalifat«) kämpft.

Als Muris schließlich auf dem Stuhl mitten in der Küche sitzt, in der es noch köstlich nach dem Frühstücksrührei mit Sucuk, der Knoblauchwurst, riecht, und seine Mutter ihm mit geschickten Fingern das Handtuch um den Hals legt und seine Haare kämmt, da fühlt Muris sich das erste Mal seit Tagen wirklich gut. Fast entspannt. Und sogar ein bisschen geborgen, wie früher, als er noch klein war und sich in den langen Röcken seiner Mutter verstecken konnte.

Jetzt trägt sie schon länger keine Röcke mehr, sondern am liebsten Jeans.

Muris als Sohn

»Geht es dir gut, mein Sohn?«, fragt sie jetzt und feuchtet mit geschickten Bewegungen seine Haare an. »Du bist so still in letzter Zeit.«

Muris zuckt mit den Schultern. »Nein, alles okay.«

Seine Mutter sieht ihn kurz an, dann rührt sie die Färbepaste an und fügt das Wasserstoffperoxid dazu. Sofort erfüllt dessen stechender Geruch die Küche. »Puh, wie das stinkt!«, sagt Muris' Mutter und zieht eine Grimasse. Dann kommt sie mit der Schale und dem Pinsel zu ihm herüber. »So, dann wollen wir mal!« Mit langsamen Bewegungen verstreicht sie die Paste in Muris' Haaren. Muris schließt die Augen.

»Dein Herz ist schwer, Muris«, sagt seine Mutter, und Muris zwingt sich, die Augen geschlossen zu halten. »Ich weiß das. Aber du hast es selbst in der Hand. Halte dich von schlechter Gesellschaft fern.« Sie legt ihm kurz die Hand in den Nacken, dann verteilt sie die Färbepaste weiter in seinen kurzen Haaren.

Muris öffnet die Augen wieder. Das Gesicht seiner Mutter ist ernst, sie sieht fast besorgt aus, und Muris weiß, dass sie auch allen Grund dazu hat. Er ist in schlechte Gesellschaft geraten, das stimmt. Wären Ferhat und Ambr nicht dabei gewesen, hätte er sich garantiert zurückgehalten, im Frühling. Aber das ist keine Entschuldigung. Die vierzig Stunden Sozialdienst* wegen Kör-

* Tätigkeit als Ersatz für eine Gefängnisstrafe, kann zum Beispiel in einem Pflegeheim abgeleistet werden.

perverletzung gehen wirklich auf sein eigenes Konto, das ist ihm klar. Dieser Mist da Samstag an der Tankstelle auch. Ihm sind einfach die Nerven durchgegangen. Und auch die Sache mit Adnans Kumpeln hat er sich selbst eingebrockt. Er hat sich einfach überschätzt. War schon immer sein Problem.

Und schon immer war er der Lieblingssohn seiner Mutter. Aber nicht seines Vaters. Seines Stiefvaters, genau genommen. Der findet ihn gar nicht gut. Aber auch daran will Muris jetzt nicht denken. So vieles, an das er nicht denken will. Lieber denkt er an das Mädchen, das er manchmal in der Fidicinstraße sieht.

Seine Mutter zerteilt seine Haare sanft mit dem Kamm und streicht Paste darüber. Muris kann ihren Atem auf seinem Haar spüren.

Wie gerne würde er ihr einfach alles erzählen. Einfach mal alles erzählen. Früher konnte er das, als er jünger war. Alles hat er ihr erzählt. Aber er hat damit aufgehört, als Adnan anfing, sich darüber lustig zu machen.

Wenn er sagen sollte, was gerade das Schlimmste ist – eigentlich weiß er es nicht. Die Geschichte mit Yasin und die Tankstellensache, beides ist übel. Und er hat keine Ahnung, wie er da wieder rauskommen soll.

Das Einzige, was ihm einfällt, ist, stillzuhalten und sich unsichtbar zu machen. Aber das ist etwas, das er schlecht kann. Stillhalten.

Unauffällig sein.

Unsichtbar werden.

Seine Mutter seufzt, als hätte sie seine Gedanken gelesen. »Was ist mit dir und Adnan in letzter Zeit?«, fragt sie und zupft an seinen Stirnhaaren. »Ihr versteht euch nicht mehr.«

»Haben wir doch noch nie«, sagt Muris und bemüht sich, frech zu lächeln, aber so richtig kriegt er das nicht hin.

»Das stimmt nicht, *moj dragi**. Meine Kinder haben sich immer gut verstanden!«, sagt seine Mutter sanft. »Du musst auf-

* Kroatisch/bosnisch: Mein Schatz.

passen, Muris. Such dir eine Arbeit. Am besten eine Ausbildung. Mach etwas aus dir. So kann es nicht weitergehen!«

Muris sitzt unbeweglich da. So eine Rede hat seine Mutter ihm noch nie gehalten. Sie meint es ernst, das ist klar.

Sie seufzt, dann stellt sie die Schale ab und legt den Kamm quer darüber. »So, fertig, jetzt müssen wir ein bisschen warten. Bleib da sitzen.« Muris sieht zu, wie sie sich die Schürze abnimmt und sich durch die Haare fährt.

Die Geste erinnert ihn an das Mädchen aus der Fidicinstraße. Gestern hat sie ihn nicht bemerkt, obwohl sie direkt an ihm vorbeigegangen ist. Vielleicht ist er ja schon unsichtbar? Fast muss er lachen, dann schlenkert er mit den Füßen, um sich abzulenken.

Und da fällt es ihm wieder ein.

»Mama, hast du ein bisschen Geld für mich?«

»Ah, ah, Geld … Wofür?« Seine Mutter kramt in einer Schublade herum und zieht einen Kochlöffel heraus.

»Neue Schuhe«, sagt Muris. »Guck mal.« Er streckt seine Schuhe vor, dreht den linken Fuß so, dass das klaffende Loch in der rechten Seite deutlich zu sehen ist. Es ging ziemlich schwer, das Messer zwischen Sohle und Schaft zu schieben und dann heftig daran zu zerren.

Seine Mutter schlägt die Hände an die Wangen. »Muris! Die waren doch ganz neu!«

»Ja, wirklich übel«, sagt Muris. »Weiß auch nicht, wie das passiert ist. Du brauchst mir nur vierzig oder so geben, ich nehm billigere diesmal.«

Seine Mutter schüttelt den Kopf, dann seufzt sie. »Gut«, sagt sie. »Ich frage Tata, wenn er kommt. Er müsste gleich da sein.«

Muris runzelt die Stirn. »Wieso? Er kommt doch immer um vier?«

»Heute nicht«, sagt seine Mutter, »heute ist irgendeine Versammlung, da kommt er früher.« Und wie verabredet dreht sich in diesem Moment der Schlüssel im Schloss, und die schweren Schritte seines Vaters sind zu hören. Muris erstarrt.

Mit dem schmierigen Färbemittel auf dem Kopf kann er jetzt auch nicht weg, selbst wenn er wollte. Wie gefesselt sitzt er auf dem Stuhl.

Seine Mutter lächelt erst ihm, dann über seinen Kopf hinweg seinem Vater zu, der jetzt offenbar in der Tür steht. Muris kann ihn nicht sehen, aber er spürt seine Anwesenheit.

»Na, was wird das denn hier?« Sein Vater kommt um den Stuhl herum und betrachtet ihn abschätzig von vorn. »Ist das dein Ernst, blond? Muss das sein?« Er zuckt mit den Schultern, dann umarmt er Muris' Mutter. »Hallo, Schnuffel.«

Muris sieht auf seine Schuhspitzen hinunter, während die beiden sich zur Begrüßung einen Kuss geben. Plötzlich schämt er sich, aber wofür, das weiß er eigentlich nicht.

»Muris braucht neue Schuhe, guck mal, seine sind kaputt. Dabei waren die doch ganz neu!« Muris' Mutter löst sich aus der Umarmung und zeigt auf Muris' kaputten Schuh.

Tata runzelt die Stirn. »Was, schon kaputt? Die müsste man zurückgeben.« Er bückt sich und begutachtet den zerfetzten Schuh, den Muris ihm widerwillig hinhält. Dann runzelt er die Stirn und sieht Muris direkt in die Augen.

Sein Gesicht ist dicht vor Muris', und Muris kann den Zweifel und die Missbilligung darin sehr genau erkennen.

Tata hält nichts von ihm, das ist ihm klar. Schon lange nicht mehr. Früher schon, da hat Tata ihn richtig gerngehabt. Er hat Muris' Mutter kennengelernt, als Muris drei war, und bis Muris zehn oder elf war, haben sie richtig viel zusammen unternommen, Spaß gehabt und gelacht. Aber jetzt … Wie ist das eigentlich gekommen?

»Ich würde sagen, mutwillige Beschädigung«, sagt Tata und starrt Muris noch einen Moment lang an. »Die kann man nicht zurückgeben. Vielleicht suchst du dir besser einen Job, dann kannst du dir selbst neue kaufen.«

»Sven!«, sagt Muris' Mutter. »Du weißt doch, dass er gerade die Sozialstunden ableisten muss, da kann er nicht noch nebenbei arbeiten!«

»Schlimm genug«, sagt Tata, schüttelt den Kopf und richtet sich wieder auf, wobei er sich stöhnend ins Kreuz* greift. »Ich hoffe, das bleibt auch das letzte Mal, dass er so einen Mist gebaut hat. Was?« Und jetzt lächelt er Muris doch kurz an und gibt ihm einen Klaps auf die Wange, bevor er sich zu Muris' Mutter umdreht. »Was gibt es denn heute Abend zu essen?«

Es dauert eine Ewigkeit, bis das Färbemittel ausreichend eingezogen ist. Tata würdigt ihn nach seiner kurzen freundlichen Geste keines Blickes mehr, seine Missbilligung für Muris ist an seinem steifen Rücken deutlich zu erkennen. Als er sich endlich die Haare auswaschen kann, flüchtet Muris aus der Küche. Er kontrolliert kurz im Spiegel sein Aussehen – die Blondierung ist gelungen, seine Herkunft sieht man ihm jetzt kaum noch an –, dann ruft er seinen Eltern einen knappen Gruß zu und geht zur Tür.

Aber seine Mutter kommt hinter ihm her. »Zeig mal!«

Sie lächelt, als Muris sich halb im Kreis dreht, dann nickt sie zufrieden. »Schöner Junge! Hier, für neue Schuhe.« Sie drückt ihm einen Fünfziger in die Hand, und Muris sieht sie erstaunt an. »Von Tata«, sagt sie achselzuckend und streicht ihm über die Wange. »Komm nicht so spät wieder. Wo gehst du hin?«

»Zu Ferhat«, murmelt Muris, dann zieht er die Tür auf und schnell wieder hinter sich zu. Draußen bleibt er einen Moment lang stehen und holt tief Luft.

Nichts hält Tata von ihm, aber auch gar nichts.

Mascha

Die Wohnung ist leer, aber Mascha ist das ganz recht so. Besser, als wenn ihre Mutter mit ihrem neuen Macker in der Küche rumhängt, oder, noch schlimmer, im Bett.

Als Mascha zwölf oder dreizehn war, hat sie ihre Mutter mal mit Ali erwischt, in voller Aktion, das hat ihr gereicht.

* Unterer Teil des Rückens.

Da kann einem ja alles vergehen.

Sie schmeißt ihren Rucksack aufs Bett und setzt sich an den PC, um die *Berliner-Blatt*-Seite noch mal aufzurufen. Der Bericht mit dem Foto ist schon nach unten gerutscht, andere Neuigkeiten stehen jetzt oben. Mascha zoomt das Bild heran; Mia mit aufgerissenem Mund, sie sieht wirklich etwas dämlich aus; dahinter Mascha selbst, halb zur Seite gedreht, die Hand vorm Gesicht.

Ob man sie erkennen würde, wenn man nicht wüsste, dass sie das ist?

Mascha ist sich nicht sicher.

Der Tag liegt vor ihr wie ein riesiges, bereits abgeerntetes Feld. Sie hat nicht die geringste Ahnung, wie sie ihn füllen soll.

Genau in dem Moment, als sie den Stuhl zurückschiebt, um aufzustehen, klingelt das Telefon in der Küche. Mascha geht hin, aber dann bleibt sie unschlüssig davor stehen. Wenn das jetzt die Schule ist?

Schließlich strafft sie die Schultern und nimmt ab, um sich mit der überzeugendsten Erwachsenenstimme zu melden, die sie hinbekommt. »Blinow?«

Zwanzig Minuten später steht sie auch schon vor der Anmeldung in der Polizeiwache und nennt erneut ihren Namen, diesmal mit ihrer normalen Mascha-Stimme. Der junge Polizist hinter der Anmeldung hat ein vor Aufregung ganz rotes Gesicht; er muss noch neu sein, in der Ausbildung. Mit heiserer Stimme bittet er Mascha, kurz zu warten, und sie setzt sich auf einen der unbequemen Holzstühle vor dem Tresen. Ein älterer Türke mit Wollmütze sitzt zwei Stühle weiter und dreht murmelnd seinen Rosenkranz* zwischen den Fingern, das Klackern der Perlen macht Mascha ganz nervös.

Sie muss nicht lange warten. Plötzlich steht eine Frau mit einer Aktenmappe vor ihr, stellt sich als Polizeikommissarin Liebst vor und bittet sie, mitzukommen; Mascha folgt ihr in ein nüchtern

* In einem Kreuz endende Kette aus Perlen, mit denen eine Gebetsfolge mitgezählt wird.

eingerichtetes Büro, auf dessen Schreibtisch sich Unterlagen und Akten rechts und links des PCs nur so türmen. Mascha setzt sich auf den Besucherstuhl und sieht zu, wie die Kommissarin – sie ist ungefähr so alt wie ihre Mutter und hat leuchtend grüne Augen – für die Aktenmappe Platz schafft, sie aufschlägt und sich bequem hinsetzt. Dann richtet sie ihren Blick auf Mascha, und sofort fühlt Mascha sich unbehaglich. Fast schuldig.

»Du bist allein gekommen, ohne deine Eltern?«

»Meine Mutter hatte keine Zeit«, sagt Mascha, und weil sie jetzt wirklich gelogen hat, fühlt sie sich noch unwohler.

»Es ist schön, dass du gleich gekommen bist – ich darf dich doch duzen?« Die Kommissarin lächelt kurz, als Mascha nickt, dann verschränkt sie die Fingerspitzen und stützt die Ellenbogen auf dem Tisch auf. Ihr Gesicht ist jetzt näher bei Maschas, und wieder überkommt Mascha dieses seltsame Schuldgefühl.

»Hast du heute keinen Unterricht?«, fragt die Kommissarin, und Mascha muss sich sehr anstrengen, um eine unschuldige Miene aufzusetzen.

»Nein, bei uns sind … also, wegen der Prüfungen fällt diese Woche viel aus bei uns.« Hoffentlich hat die Kommissarin keine Kinder in Maschas Alter, dann wüsste sie, dass gerade keine Prüfungen anstehen.

Aber Kommissarin Liebst nickt nur. »Wir haben dich hergebeten, weil wir von dir gern noch mal hören möchten, was Samstagnacht genau passiert ist«, sagt sie. »Du hast doch nichts dagegen, wenn ich das aufnehme?« Als Mascha den Kopf schüttelt, zieht sie ein kleines Aufnahmegerät zwischen den Aktenbergen hervor, drückt eine Taste und spricht ein paar Sätze hinein. »Vorgang Nr. 23 BZ 3432227/69, Schwere Körperverletzung zum Nachteil von …« Sie sucht in ihren Unterlagen, dann spricht sie weiter: »Lion Roth, Zweitaussage Mascha Blinow.« Sie blickt hoch und lehnt sich zurück. »Es tut mir übrigens sehr leid für deinen Freund«, sagt sie. »Lion ist doch dein Freund?«

Mascha nickt. »Ich hab doch schon alles in der Nacht erzählt«, sagt sie. »Dieser Polizistin da.«

»Ja, das ist richtig, aber ich würde es gern noch mal von dir persönlich hören. Manchmal fällt einem ja auch mit ein wenig Abstand noch etwas ein, woran man bei der ersten Aussage in der Aufregung gar nicht gedacht hat.« Die Kommissarin lächelt, und Mascha entspannt sich ein wenig. »Fang doch einfach mal an«, fügt die Kommissarin hinzu, und Mascha lehnt sich zurück.

»Also, Lion und ich waren auf einer Party, und dann wollten wir noch was zu trinken kaufen« – sie bemerkt sofort, dass sich die Augen der Kommissarin ein wenig verengen –, »keinen Alkohol, sondern was ohne, und deshalb sind wir dann zur Tankstelle. Wir haben uns gewundert ... eigentlich haben die Tankstellen ja immer so einen Nachtschalter, wo man draußen steht und bezahlt, über eine Schublade, Geld gegen Ware. Aber der Nachtschalter war zu, und drinnen war Licht. Da war noch ein Kunde, und ich bin dann reingegangen. Und Lion hat draußen gewartet.«

Die Kommissarin nickt, ohne Mascha dabei aus den Augen zu lassen. Ihr grüner Blick scheint Mascha zu bannen, und Mascha spürt, wie sie anfängt, sich zu verhaspeln, einfach, weil die Kommissarin sie so anstarrt.

»Ich bin, also, ich bin rein, und dann bin ich wieder raus, und dann lag Lion so da, und der Typ hockte über ihm, und da hab ich den ... ich hab den ...« Sie sucht nach Worten, nach einem Wort, das nicht so hart klingt, aber letztlich gibt es kein anderes. »Ich hab den getreten, weil ich dachte, dass er das war. Und dann hat mich jemand weggezogen. Das war eigentlich alles. Also, ich hab nichts gesehen. Ich hab nicht gesehen, wer Lion da zusammengeschlagen hat.«

Das Blut. Das Blut unter Lions Kopf. Kann man eigentlich überleben, wenn man so viel Blut verliert?

Wie viele Leute überleben eigentlich ein Koma?

Mascha wird plötzlich kalt; sie reibt sich über die Oberarme, sie hat eine Gänsehaut auf beiden Armen.

Die Kommissarin nickt, dann beugt sie sich über ihre Akte, blättert darin herum, und schließlich nimmt sie einen Stift in die

Hand und dreht ihn zwischen den Fingern, während sie Mascha wieder ansieht. »Du hast den Täter nicht gesehen?«

Mascha schüttelt den Kopf. »Nein. Ich hab gar nicht mitgekriegt, dass da noch einer war, außer der Mann bei Lion.«

»Und der andere Kunde, der dich dann weggezogen hat«, sagt die Kommissarin.

Mascha nickt. Das Schuldgefühl kommt wieder, wie eine Welle.

»Ihr wart ja vorher auf einer Party«, stellt die Kommissarin fest. »Hattet ihr da Alkohol getrunken?«

Mascha schüttelt den Kopf. Aber dann, unter dem bohrenden Blick der Kommissarin, besinnt sie sich. »Ein bisschen«, sagt sie. »Aber echt nicht viel. Nur so … also, ich hatte zwei Mixbier, und Lion, der hat gar nichts getrunken.« Den Apfelschnaps, den sie von Mia probiert hat, erwähnt sie lieber nicht. Ist auch egal, oder? Darauf kommt es doch nicht an.

Sie war sowieso beschwipst, das kann man nicht anders sagen. Betrunken vor Glück.

Plötzlich steigen ihr die Tränen in die Augen, und ehe sie es verhindern kann, kommt ein Schluchzer tief aus ihrer Brust, ein Schluchzer, den sie schnell wieder wegschluckt. Die Kommissarin sieht sie seltsam an, prüfend, und Mascha räuspert sich noch einmal und schlägt dann die Beine übereinander.

»Hast du den Ersthelfer vielleicht angegriffen, weil du zu viel getrunken hattest?«, fragt die Kommissarin.

Mascha starrt sie sprachlos an. Angegriffen? »Ich hab doch … ich hab doch nur …«, beginnt sie, doch dann verstummt sie wieder. Ja, klar hat sie ihn angegriffen. Egal warum, das stimmt. »Aber ich hab den ja nicht verletzt oder so«, sagt sie leise.

Die Kommissarin schweigt, während sie in der Akte blättert. »Na ja«, sagt sie, »doch, hast du. Sicher nicht willentlich, allerdings musste er von den Sanitätern versorgt werden, steht hier. Theoretisch könnte er dich wegen Körperverletzung anzeigen.« Ihr Gesicht ist ausdruckslos, als sie die Akte wieder zuklappt und zu Mascha aufsieht.

Mascha sitzt starr da. Ein, zwei Atemzüge lang kann sie sich nicht bewegen, dann holt sie zitternd Luft. »Aber …«, beginnt sie erneut.

Das Wort hängt so lange im Raum, bis die Kommissarin zu lächeln beginnt. »Na«, sagt sie, »das wird er sicher nicht machen. Du solltest in Zukunft versuchen, dich besser zu beherrschen. Auch in so einer Situation. Die hoffentlich nie wieder vorkommt.«

Muris

Das Treppenhaus ist leer, und Muris zieht die Tür vorsichtig auf. Rechts ist die Luft rein, aber links, am nächsten Hauseingang, steht Yasin, den Rücken zu ihm gekehrt. Er scheint zu telefonieren, wie Muris an seinem gebeugten Nacken erkennen kann, und zwei Atemzüge lang überlegt er. Dann sprintet er los, nach rechts.

Er schafft er gerade mal hundertfünfzig Meter weit, dann wird er unsanft gestoppt.

»He!« Ein harter Griff um seinen Arm. Ein breites Grinsen. Gürkan. Ausgerechnet Gürkan hat ihn geschnappt. »Wo willst du denn so eilig hin, hä?«

»Ich muss zur Arbeit«, sagt Muris. Aus dem Augenwinkel sieht er, dass Yasin sein Handy eingesteckt hat und nun auf sie zukommt. Er spürt, wie seine Knie weich werden. »Lass mich los!« Er hebt die Stimme.

Aber Gürkan lacht nur. *»Lass mich los!«*, äfft er ihn nach. »He, Yasin, guck mal, wen ich hier habe?«

Yasins grüne Augen mustern Muris spöttisch. »Ach, guck an! Unser kleiner Muris. Du wolltest doch nicht etwa vor uns weglaufen, Muris?«

»Nee«, sagt Muris und versucht, sich aus Gürkans Umklammerung zu winden. Aber dessen Griff ist fest wie ein Schraubstock. Jetzt drückt er noch ein wenig mehr zu, und Muris stöhnt auf.

»Das will ich aber auch hoffen«, sagt Yasin ruhig. »Und ich hoffe, du hast dabei, was du uns versprochen hast?«

Muris tritt der Schweiß auf die Stirn. Eine etwas ältere Frau geht an ihnen vorbei, mit einem Einkaufskorb am Arm. Sie mustert die drei Jungs mit gerunzelter Stirn, aber bevor ihr Blick Muris trifft, sieht er schnell weg.

»Hast du oder hast du nicht?«, fragt Yasin, und jetzt dreht Gürkan Muris' Arm ein Stück weiter nach hinten. Das tut höllisch weh, und Muris geht leicht in die Knie und versucht, der Bewegung zu folgen. Mit gekrümmtem Rücken steht er da und kann kaum noch atmen.

»Ich hab dich was gefragt.« Yasins Augen sind jetzt dicht vor seinen. Er lächelt. »Und wenn ich was frage, will ich eine Antwort. Das hat dir dein großer Bruder doch bestimmt beigebracht, oder?«

Gürkan dreht seinen Arm noch weiter nach hinten. Muris schreit unterdrückt auf.

»Hä?« Yasin lächelt immer noch.

»Ja«, flüstert Muris. Noch mehr Leute gehen vorbei, eine Frau mit einem kleinen Hund an der Leine, zwei türkische Jungs aus der Nachbarschaft. Muris hat den Eindruck, dass sie einen Schritt zulegen.

»Gut«, sagt Yasin. »Also, wo ist die Kohle?«

»Lasst mich los!«, flüstert Muris.

»Du hast dein Wort gegeben, Alter!« Und dann spürt Muris, wie Hände ihn abtasten, kaum merklich, unter den Achseln, an den Hüften entlang, in den Bund seiner Jeans fahren, in die Taschen fassen. Muris spürt, wie Yasin sein Handy herauszieht. Einen Moment hält er es in der Hand, dann schiebt er es wieder zurück, zieht stattdessen den Fünfziger heraus.

»Ach, sieh an, Extrazinsen, ja? Das ist fein.« Yasin wedelt mit dem Fünfzigeuroschein vor Muris' Gesicht, bevor er ihn zusammenfaltet und einsteckt. Dann gibt er Gürkan ein Zeichen, und der lässt Muris los. Nicht, ohne seinen Arm noch eine Viertelumdrehung weiter nach hinten zu biegen.

Der Schmerz zwingt Muris in die Knie, nach Luft schnappend bleibt er hocken.

»Die Kohle kommt spätestens am Donnerstag. Mit hundert Prozent Zinsen«, sagt Yasin leise. »Oder du bringst das, was du bekommen hast, zurück. Ich sag mal, das schaffst du. Bei der Ehre deines Bruders, was?« Er lacht, und Gürkan lacht ebenfalls.

Als Muris endlich hochsieht, sind die beiden schon einen ganzen Häuserblock weit weg.

Die beiden Jungs stehen an der nächsten Ecke und sehen zu Muris hinüber. Mühsam steht er auf und setzt sich in Bewegung. Kurz bevor er bei ihnen ist, macht er einen Satz auf sie zu, und die beiden zucken erschrocken zusammen.

»Verpisst euch!«, schreit er.

Der kleinere stolpert fast, als sie losrennen. Muris geht noch einen Schritt weiter, dann tritt er mit voller Wucht gegen den Mülleimer an der Ecke. Es scheppert und klirrt, dann fällt die Unterseite zu Boden, und ein Haufen Müll landet auf dem Gehweg.

Und auf der Spitze von Muris' kaputtem Schuh, den er jetzt noch eine Weile anbehalten wird.

Er hebt den Fuß und tritt noch einmal zu.

3 DIENSTAG

Blendi

In der U-Bahn sitzt Blendis Mutter stocksteif auf dem Sitz und starrt vor sich hin, die Hände im Schoß gefaltet. Blendi steht an der Tür, obwohl neben ihr noch ein Platz frei wäre.

Er wäre sowieso lieber zu Fuß gegangen, aber seine Mutter wollte nicht so weit laufen.

Eine U-Bahn-Station! Lächerlich.

»Blendi? Weißt du, wo wir hinmüssen?«, fragt seine Mutter. Die anderen Fahrgäste sehen erst sie und dann ihn an, und Blendi wird sofort rot.

Wenn seine Mutter albanisch spricht, redet sie immer extrem laut, das ist besonders peinlich.

»Klar«, sagt er auf Deutsch. »Komm.«

Blendi geht voran; erst direkt vorm Polizeipräsidium verlangsamt er sein Tempo, sodass seine Mutter zu ihm aufschließen kann.

Der Raum, in den sie geführt werden, ist ziemlich dunkel, was an den halb heruntergelassenen Rollläden liegt. Zwei Polizisten im Alter seines Vaters sitzen hinter zwei Schreibtischen vor sehr großen Monitoren. Beide sehen ihn an, und für einen Moment bleibt Blendi unsicher stehen. Aber seine Mutter schubst ihn fast vorwärts, und so ist Blendi froh, als der Beamte auf der rechten Seite ihm zunickt und sich in seinem Bürostuhl zurücklehnt.

»Guten Tag«, sagt er leise und geht noch einen Schritt weiter. »Ich … äh, ich soll mich hier melden.«

»Dann mal los«, sagt der Beamte, steht auf und zieht zwei Stühle an seinen Tisch, die vorher an einem extra Tisch an der Wand gestanden haben. »Nehmen Sie Platz.«

Blendi und seine Mutter setzen sich gleichzeitig, und der Beamte lässt sich wieder in seinen Bürostuhl fallen.

»Name?«

Warum in aller Welt wird Blendi schon wieder rot? Er versucht, seine Verlegenheit abzuschütteln, und strafft die Schultern. Doch seine Mutter kommt ihm zuvor.

»Elmedina Berberi«, sagt sie, wieder viel zu laut. »Und das ist mein Sohn Blendi. Er hatte einem Jungen geholfen, der zusammengeschlagen wurde, an der Tankstelle. Schlimm, schlimm!«

»Mama«, sagt Blendi leise. »Bitte …«

»Mein Sohn hat aber nichts gemacht«, sagt seine Mutter, und Blendi spürt, wie er schon wieder rot anläuft.

»Mama!«, sagt er noch einmal, diesmal lauter.

»Na, ist doch so! Er hat nichts gemacht, nur geguckt und was gekauft.«

»Berberi, ja?« Der Beamte blättert in ein paar Papieren, dann nickt er und sieht erst Blendi und dann seine Mutter an. »Keine Sorge, Ihr Sohn ist ja als Zeuge geladen, nicht als Beschuldigter«, sagt er ruhig.

Blendis Mutter nickt zufrieden.

»Wir haben dich hergebeten, damit du uns eventuell hilfst, den Täter zu finden«, sagt der Polizist zu Blendi und schaltet den Monitor an. Dann dreht er ihn leicht zu Blendi hinüber. »Wir werden jetzt zusammen versuchen, ein möglichst gutes Phantombild zu erstellen. Einverstanden?«

Blendi nickt und spürt, wie sein Mund trocken wird. Und als der Beamte ein paar Tasten drückt und gleich darauf eine Reihe von Augenpartien auf dem Bildschirm erscheinen, kann er für einen Moment kaum atmen.

»Du hast ausgesagt, dass der junge Mann ungefähr siebzehn oder achtzehn Jahre alt sein dürfte, stimmt das?«, fragt der Polizist ruhig und mustert ihn. Blendis Hand fährt wie von selbst zu seinem Kinn und legt sich darüber. Der Mann sitzt so nah bei ihm, jeden Pickel kann er sehen!

»So jung? Das ist schlimm!«, sagt Blendis Mutter. »Das ist eine schlimme Welt heute! Die jungen Menschen haben keine Arbeit. Keine Ausbildung, keinen Schulabschluss, nichts. Aber mein Sohn macht jetzt seinen MSA. Und einen sehr guten!«

»Ma-ma«, murmelt Blendi. »Nun lass das doch mal!«

Der andere Polizist am zweiten Tisch sieht schon zu ihnen hinüber. Wie peinlich.

»Frau Berberi«, sagt der Beamte vor ihnen. »Frau Berberi, wissen Sie, das finde ich ganz grandios, dass Ihr Sohn so gut in der Schule ist. Aber jetzt müssten wir uns erst mal auf das Phantombild konzentrieren, da sollten wir möglichst ruhig sein. Die Erfahrung zeigt, dass die besten Bilder entstehen, wenn dabei nur das Nötigste gesprochen wird.« Er lächelt, und Blendis Mutter nickt.

Der Polizist wendet sich wieder an Blendi. »So, dann wollen wir mal. Schau dir mal hier die Gesichtsformen an. Welche kämen denn infrage?«

Auf dem Bildschirm taucht eine Reihe von Gesichtern auf, oval, rund, fast viereckig, und Blendi spürt, wie er ins Schwitzen gerät. Eigentlich weiß er genau, wie der Typ ausgesehen hat, er würde ihn auch sofort wiedererkennen, wenn er vor ihm stünde, aber hier scheint es ihm unmöglich, sein Gesicht wie ein Puzzle aus verschiedenen Varianten zusammenzusetzen.

»Also, eher oval«, sagt er schließlich und ist sich unsicher, ob das auch stimmt.

»Lass dir ruhig Zeit«, sagt der Beamte und klickt ein Feld auf dem rechten Bildschirmrand an. Das Oval wird nach vorn gezogen und vergrößert, dann erscheint eine Reihe von Augenpartien. »Wir versuchen es mal damit. Was käme denn hiervon infrage?«

Komisch, aber Blendi ist die ganze Zeit über, während der Phantomzeichner mit ihm arbeitet, furchtbar nervös. Der Schweiß läuft ihm den Nacken hinunter, und seine Finger liegen verkrampft in seinem Schoß. Seine Mutter neben ihm hingegen ist völlig entspannt, sie betrachtet das Geschehen höchst interessiert und kommentiert jede neue Veränderung des Phantombilds mit einem gefälligen Nicken.

Schließlich lehnt sich der Polizist zurück. »Was denkst du, ist das so gut?«, fragt er.

Blendi kneift die Augen zusammen. Das Gesicht vor ihm auf dem PC ähnelt dem Schläger zwar, aber etwas daran stimmt überhaupt nicht. Die Nase … und die Mundpartie, beides ist nicht richtig. Blendi räuspert sich. »Ja, schon, aber … darf ich mal kurz was versuchen? Also, ich kann … Ich würde gern was zeigen.« Schnell zieht er sein Skizzenbuch und seinen Stift heraus und beginnt zu zeichnen. Mit ein paar raschen Strichen hat er die Gesichtsform skizziert, dann überlegt er kurz und zeichnet die Mund- und Nasenpartie ein. Nein, so nicht … Er radiert die untere Hälfte des Mundes weg, zeichnet sie neu und vergleicht dann das Ergebnis mit dem Gesicht auf dem Bildschirm. Genau, jetzt ist die Unstimmigkeit zu sehen: Die Unterlippe ist auf Blendis Zeichnung einen Hauch straffer, die Nase leicht gebogen. »So ungefähr«, sagt er und schiebt die Skizze dem Beamten hinüber.

Der betrachtet sie ziemlich lange, dann blickt er zu Blendi auf. »Nicht schlecht«, sagt er. »Nicht schlecht. Du bist gut. Vielleicht fängst du mal hier an!« Er lächelt, und Blendi läuft schon wieder rot an. Als er einen flüchtigen Blick zu seiner Mutter hinüberwirft, sieht er, dass sie ihn auf eine Art ansieht, die er nicht recht deuten kann.

Dann beugt sie sich vor, betrachtet die Zeichnung, die er gerade gemacht hat, und blättert um. Die Rose auf dem Pflaster vor der Tankstelle, die Wolke darum herum.

Und eine Seite davor: Nina, lächelnd. Tabea daneben. Wie sie über den Schulhof laufen.

Und dann seine Mutter selbst, mit in die Hände gestütztem Kopf, eine Zigarette zwischen den Fingern.

»Die hast du gemacht?«, fragt seine Mutter ungläubig, und da zieht Blendi das Skizzenbuch schnell zu sich heran, blättert wieder zurück und deutet auf die Zeichnung des Schlägers.

»So, also, so sieht er aus«, sagt er und räuspert sich wieder. »Und vielleicht ist er auch erst sechzehn. Manche von denen … manche sehen auch älter aus, als sie eigentlich sind.«

Der Polizist nickt, dann sieht er wieder auf den Bildschirm. »Okay«, sagt er lässig. »Wir werden mal versuchen, das hier auch so hinzukriegen wie du auf deiner Zeichnung.«

Blendi nickt ebenfalls. Seine Mutter sieht ihn immer noch an, aber Blendi beachtet sie nicht. Er blickt stur auf den Bildschirm.

Muris

Die Schuhe sind eindeutig zu groß, beim Laufen rutscht er hinten fast raus. Auch, als er stehen bleibt und sie noch fester schnürt und die Schnürsenkel dann einmal um seine Knöchel windet, wird es nicht besser. Mürrisch richtet er sich wieder auf und geht weiter.

Mist. Falsch eingeschätzt. Mindestens zwei Nummern zu groß. Aber immerhin besser als zu klein.

Der Empfang ist nicht besetzt, und im Flur ist auch niemand zu sehen. Muris ist das recht, er will niemanden sehen, er will seine Ruhe, einfach seine Ruhe und nachdenken.

Höchstens das süße Mädchen würde er gern sehen, das hier ab und zu vorbeikommt.

Aber ganz am Ende des Flurs läuft ihm dann doch eine der Bewohnerinnen über den Weg, Frau Rasche aus dem ersten Stock.

»Martin! Ja, hallo! Auch wieder da?« Sie schiebt ihm den Rollator* genau in den Weg und bleibt lächelnd stehen. Frau Rasche nennt ihn immer Martin, obwohl er ihr schon mindestens fünf Mal gesagt hat, wie er wirklich heißt.

»Tag, Frau Rasche. Wie geht's Ihnen?«

»Gut!«, ruft sie und mustert ihn ausgiebig. »Oh, eine neue Frisur! Steht dir gut, Martin! Und was sagt deine Freundin dazu?«

Muris erspart sich, sie ebenfalls zum fünften Mal darüber aufzuklären, dass er keine hat. Oder nicht mehr – dass Meryem mit ihm Schluss gemacht hat, ist gerade mal fünf, sechs Wochen her.

»Die findet das auch gut«, sagt er und geht um den Rollator herum auf die Tür zum Garten zu. »Und jetzt muss ich leider weiter, Frau Rasche. Die Arbeit ruft!«

---

* Gehhilfe für ältere oder gehbehinderte Menschen.

»Jaja, die Arbeit!«, sagt sie. »Bis bald, Martin, bis bald!«

Muris zieht die Glastür fest hinter sich zu und läuft geradeaus auf den Schuppen zu, der ganz hinten im Garten steht, direkt an der Brandmauer[*] zum Nachbarhaus, kaum zu erkennen hinter den dichten Büschen und Sträuchern. Er zwingt sich dazu, sich nicht noch einmal umzusehen, als er den Schlüssel ins Schloss steckt, die Tür aufzieht und einen Spalt offen stehen lässt.

Es riecht muffig, und alles ist unberührt, wie immer. Die überzähligen Gartenmöbel stehen aufgestapelt an beiden Seiten, dahinter bilden die Polster eine provisorische[**] Liegefläche. Die Gartengeräte hängen fein säuberlich aufgereiht an ihren Haken. Die Wolldecke liegt immer noch so da wie gestern Morgen, die Wasserflasche am Kopfende ist noch voll. Muris steigt schnell auf die kleine Klappleiter und öffnet die beiden winzigen verdreckten Fenster zu beiden Seiten des Schuppens, durch die schwaches Licht hereinfällt. Dann zieht er die Tür hinter sich zu und schließt von innen ab.

Als er sich auf den Polstern ausstreckt und die Arme hinter dem Kopf verschränkt, spürt er, wie die Anspannung von ihm abfällt. Niemand außer ihm hat einen Schlüssel für den vergessenen Geräteschuppen; er steckte im Schloss, als Muris es entdeckt hat. Solange er seine Stunden noch ableisten muss, ist er hier sicher. Was danach kommt, kann Muris sich im Moment nicht vorstellen.

Überhaupt kann er sich nicht vorstellen, was sonst noch auf ihn zukommt. Die Zukunft ist für ihn nur ein schwarzes Loch[***].

Hundert Prozent Zinsen. Das sind zweihundert Euro. Wie, in aller Welt, soll er so schnell an zweihundert Euro kommen?

Vielleicht sollte er sich hierher zurückziehen, mit genügend Vorräten, einem Wasserkanister, einem Eimer. Er lächelt bei der Vorstellung. Er könnte sich sogar innerhalb der Anlage bewegen,

[*] Feuerfeste Mauer zwischen zwei direkt nebeneinander stehenden Gebäuden.
[**] Vorübergehend genutzte Lösung.
[***] Stern, dessen Anziehungskraft so stark ist, dass nicht einmal Licht seine Umgebung verlassen kann. Man kann ihn deshalb nicht direkt beobachten.

die Toiletten benutzen, in der Kantine Essen besorgen; er müsste nur aufpassen, dass er niemandem vom Personal begegnet, die alten Leute selbst peilen doch sowieso nichts, die freuen sich jedes Mal, ihn zu sehen, den netten jungen Mann, der dem Hausmeister zur Hand geht.

Muris schließt die Augen und versucht, die Nikes abzustreifen, aber das geht nicht. Seufzend kommt er hoch und schnürt sie auf. Und ohne dass er es will, sieht er wieder das Gesicht des Jungen vor Augen, dem er sie abgezogen hat.

Muris brauchte noch nicht mal zuzuschlagen, nur zu drohen. Wortlos hat der Blonde die Schuhe ausgezogen und ihm in die Hände gedrückt, mit erschrockenem Gesicht. Kohle hatte er nicht, leider, nicht einen Cent. Er war mindestens drei, vier Jahre jünger als Muris, wieso hat einer mit dreizehn so große Füße?

Muris' Schuhe hat er nicht angerührt, natürlich nicht. Obwohl Muris sie ihm angeboten hat. Er muss grinsen.

Der Blonde war so geschockt, dass er nichts sagen wird. Garantiert nicht.

Zur Sicherheit hat Muris ihm eine Ohrfeige verpasst, ein bisschen heftiger als nötig.

Den an der Tanke hat er auch nicht viel fester geschlagen. Der ist einfach ungünstig gefallen, dafür kann Muris ja nichts.

Der Blonde hat keinen Ton von sich gegeben. Aber seine doofen Schuhe sind trotzdem zwei Nummern zu groß.

Muris atmet tief durch, dann schließt er die Augen und lauscht auf die Geräusche im Garten. Geraschel, Vogelgezwitscher, gedämpfter Autolärm.

Heute ist Dienstag. Sonntag hat ihn das Mädchen nicht mal angesehen, aber am Freitag, da hat sie ihn, als sie gegangen ist, angelächelt. Muris war so erstaunt, dass er nicht mal zurückgelächelt hat. Dabei ist er nicht schüchtern.

Nächstes Mal lächelt er zurück. Auf jeden Fall.

Muris dreht sich auf die Seite und zieht die leicht schimmlig riechende Wolldecke über sich.

Schlafen kann er immer. Und überall.

»Wo warst denn du heute?«, fragt Isi und trinkt ihre Red-Bull-Dose leer. »Baumann hat nach dir gefragt, ich hab gesagt, du bist noch total angeschlagen und so.«

Mascha zieht die Brauen zusammen. »Wie, total angeschlagen?«

»Na ja, wegen der Geschichte mit Lion«, sagt Isi. »Ist doch auch so, oder?« Sie pustet ihren Pony nach hinten und zerknickt die Dose zwischen den Fingern, um sie gleich darauf wieder möglichst in Form zu bringen, was natürlich nicht klappt. Dann lehnt sie sich vor. »Komm, lass uns losgehen, ich kann hier nicht mehr rumhängen, sonst werde ich irre!«

Mia nickt und stößt sich vom Geländer ab. »Ja, okay.«

Isi steckt ihr Handy ein, und dann laufen sie, am Schultor vorbei und nach links durch den kleinen Park. Eigentlich hat Mascha keine Lust, einfach so durch die Gegend zu laufen. Ohne ein Ziel enden solche Nachmittage meistens in Lustlosigkeit, aber heute ist das wahrscheinlich anders. Isi und Mia sind viel zu aufgedreht, um in Lustlosigkeit zu verfallen, das ist ihr schon klar. Ein bisschen nervt sie die überdrehte Art ihrer beiden Freundinnen. »Ja, und wo warst du jetzt?«, fragt Isi und dreht sich nach ihr um. »Doch nicht zu Hause, oder?«

Mascha nickt und zuckt mit den Schultern. »Doch. Ich war nicht gut drauf.«

»Ja, kann ich verstehen«, sagt Isi. »Hättest ja mal anrufen können, dann wären wir doch rumgekommen.«

Dass sie selbst auch hätte anrufen können, das verkneift sich Mascha zu sagen. Isi ist immer schnell beleidigt und nur schwer wieder umzustimmen, darauf hat Mascha jetzt wirklich keine Lust.

»Nächstes Mal«, sagt sie deshalb nur.

Gemächlich schlendern sie den Bürgersteig entlang, am Späti vorbei, vor dem drei junge Türken sitzen, dann bis zur Ecke, wo sie unschlüssig stehen bleiben.

»Und wohin jetzt?«, fragt Mia und zieht sofort wieder ihr Handy aus der Tasche. »He, guckt mal, schon 428 Likes! Ist ja der Wahnsinn!« Sie lacht begeistert und starrt ihr Handy mit einem Ausdruck an, der Mascha an Verliebtheit erinnert.

»Was denn für ein Foto?«, fragt sie, doch dann wird es ihr klar. »Wie, du hast das Foto aus der Zeitung gepostet?«, fragt sie ungläubig, und Isi hängt sich über Mias Schulter und starrt auf das Handy.

»Ja, Wahnsinn«, sagt sie und schüttelt den Kopf.

Mascha fasst nach Mias Hand und dreht das Handy zu sich herum. Tatsächlich, da ist das Foto von ihnen aus dem Krankenhaus, Mia mit aufgerissenem Mund, Mascha dahinter, halb zur Seite gedreht, die Hand vorm Gesicht. »Ich fass es nicht«, sagt Mascha. »Warum postest du das denn?«

Mia runzelt die Stirn. »Ja, wieso?«, sagt sie. »Ist doch … ist doch gut, das muss man doch bekannt machen!«

»Dich, oder wie?«, fragt Mascha.

»Hä?« Mia ist sauer. »Mann, jetzt tu doch nicht so oberheilig, Mascha! Ich hab nichts verbrochen!«

»Jaja, schon gut«, sagt Mascha und winkt ab. Mia denkt manchmal einfach nicht weiter als von der Tapete bis zur Wand, das war eigentlich schon immer so. Langsam sieht Mascha sich um. Immer das Gleiche, immer dieselben Leute, die hier rumhängen, viel zu viel Verkehr, viel zu viel Krach und Lärm. Lion nervt das auch, bei der Party hatte er ihr erzählt, dass er nach dem Abi unbedingt rauswill aus Berlin, am besten ins Ausland, Schafe züchten in Australien oder so. Und ob sie mitkommen wolle.

Sie muss schlucken, als sie daran denkt, wie er sie das gefragt hat, mit leuchtenden Augen und diesem total süßen Lächeln.

Was hat sie eigentlich geantwortet?

»Die von der Sophie-Wegener-Schule wollen übrigens eine Demo organisieren«, sagt Isi plötzlich und wirft sich ihren Rucksack über die andere Schulter. »Morgen! Hast du schon gehört, oder? Wir überlegen, ob wir alle geschlossen mitgehen. Also, der ganze Jahrgang. Nicht nur unsere Klasse, sondern alle Zehnten, und die Oberstufe auch.«

»Ja, genau!«, sagt Mia und steckt ihr Handy wieder ein. »Cool, oder?«

»Wie, eine Demo? Wofür denn?«, fragt Mascha.

»Nicht wofür, wogegen! Gegen Gewalt!«, sagt Isi. »Gegen diese Gewaltgeschichte. Passiert doch echt viel zu viel; vor ein paar Jahren, dieser Jonny am Alexanderplatz, dann der Typ in der U-Bahn und jetzt Lion ... Also, gegen Gewalt eben. Ein Zeichen setzen!«

»Kommst du mit?«, fragt Mia und bläst sich eine lange Strähne aus dem Gesicht, während sie Mascha ansieht.

Mascha zuckt mit den Schultern. »Ich weiß nicht ... ja, vielleicht.« Eine Demo? Komisch, davon fühlt sie sich plötzlich total überrumpelt. »Muss ich noch mal überlegen«, fügt sie hinzu, dann wischt sie sich über die Stirn. Die Sonne brennt auf sie herunter, langsam wird ihr zu heiß. »Wie lange wollen wir hier eigentlich noch rumstehen?«

Isi lacht. »Mensch, Mascha, wie bist du denn drauf«, sagt sie und legt ihr einen Arm um die Schultern. »Los, lasst uns zur Tanke rübergehen. Ich will das mal sehen.«

»Ja, klar!« Mia ist sofort Feuer und Flamme, ihre Augen leuchten. »Die Demo soll da ja auch hingehen.«

»An der Tanke gibt's doch gar nichts zu sehen«, wendet Mascha schwach ein, aber ihre Freundinnen hören gar nicht mehr zu. Isi zieht sie vorwärts, und Mia holt schon wieder ihr Handy raus und tippt etwas ein.

Zur Tankstelle ist es nicht weit, nur die Straße runter, dann zweimal links und einmal rechts, und schon sieht man das vorgezogene Dach hinter dem Polizeipräsidium. Mascha wird ganz komisch zumute, als sie an ihre Vernehmung am Vortag denkt; im Nachhinein fragt sie sich, warum sie eigentlich noch einmal aussagen sollte. Sie hat doch sowieso nichts Neues zu erzählen gehabt. Und warum die Kommissarin diese Sache mit dem anderen Zeugen noch mal aufgerollt hat, versteht sie auch nicht.

Als wenn sie Mascha absichtlich einen Schrecken hatte einjagen wollen.

Mascha hat sich fast ein bisschen schuldig gefühlt deswegen. Dabei ist sie doch nur einem Reflex gefolgt. Oder etwa nicht?

Aber dann war die Kommissarin noch total nett gewesen und hatte Mascha ganz freundlich verabschiedet.

Vielleicht müssen Kommissarinnen ja so sein, einerseits hart, andererseits herzlich? Vielleicht kriegt man so mehr aus den Leuten raus?

»He, guckt mal, wie viele Leute da sind!«, ruft Mia plötzlich und stürmt los. Isi folgt ihr, und Mascha bleibt nichts anderes übrig, als ihren beiden Freundinnen hinterherzugehen.

Tatsächlich, an der Tankstelle herrscht reger Betrieb, alle Säulen sind besetzt, und dahinter stehen schon einige wartende Autos. An der Luftstation sind mehrere kleinere Jungs damit beschäftigt, ihre Räder aufzupumpen, und vor der Waschanlage hat sich eine kleine Schlange gebildet.

Aber all das ist es natürlich nicht, was Mia gemeint hat. Sie hat die Leute gemeint, die links neben dem Eingang stehen und sich unterhalten. Hinter ihnen steht ein Übertragungswagen mit dem Logo eines privaten Fernsehsenders; eine darauf montierte Satellitenschüssel ragt in den wolkenlosen Sommerhimmel.

Mia geht schneller, ihr Handy in der erhobenen Hand, direkt auf den Pulk* neben dem Eingang zu. Isi folgt ihr, ein bisschen langsamer; aber das ist normal, Isi tut immer so, als hätte sie es nicht besonders eilig.

Mascha seufzt. Mia hat jetzt fast den Eingang der Tankstelle erreicht und dreht sich zu Isi um, die gerade an den Zapfsäulen vorbeigeht. Mia fuchtelt wild mit der Hand, in der sie das Handy hält, dann winkt sie Mascha zu und macht eine einladende Bewegung mit der Hand.

Aber Mascha rührt sich nicht. Auf einmal ist es, als wäre sie festgewachsen, als wären ihre Schuhsohlen mit dem Bürgersteig

---

* Größere Anzahl von Menschen in dichtem Gedränge.

verschmolzen. Steif steht sie da und sieht, wie Mia sich wieder umdreht und ihr Handy hebt. Isi hat Mia jetzt fast erreicht und bleibt ebenfalls stehen, auch sie zieht ihr Handy heraus, und im selben Moment löst sich eine Gestalt aus dem Pulk. Zwischen den Beinen der anderen Leute schimmert etwas, etwas Rötliches, das auf dem Boden neben dem Eingang liegt.

Blut? Ist da immer noch Blut?

Mascha runzelt die Stirn, und dann sieht sie, wie ein Typ, der eine Kamera in der Hand trägt, auf Mia und Isi zukommt, gefolgt von einem zweiten Typen, der ebenfalls etwas in der Hand hält, etwas, das er auf Mia und Isi richtet. Ein Mikrofon!

Mascha erstarrt.

Sie will das nicht. Sie will keinen Schritt weiter gehen, sie will nicht darüber reden, nicht daran erinnert werden. Sie will die Stelle nicht sehen, an der Lion gelegen hat, den Kopf in einer Blutlache. Schnell schließt sie die Augen, und als sie sie wieder öffnet, sieht sie Mia, die in das Mikrofon spricht, und den Typen mit der Kamera, der etwas zurückweicht, um Mia besser ins Bild zu bekommen. Und Isi, die danebensteht und eine abwehrende Handbewegung macht und sich dann umdreht, zu Mascha umdreht.

Doch Mascha dreht sich auch um und geht los, wieder zurück, mit pochendem Herzen, die Straße entlang, am Polizeipräsidium vorbei. Sie hört Isi rufen, und sie hört das Rauschen der Autos und den Wind, der mit einem plötzlichen Stoß durch die Straßenschlucht fährt und nach ihr greift.

Das Rötliche da neben dem Eingang, das ist kein Blut.

Es sind Blumen.

Blendi

Ausgerechnet Nina muss er in der U-Bahn treffen. Wenn sie wenigstens allein wäre, aber natürlich ist sie das nicht. Tabea steht neben ihr und sieht Blendi die ganze Zeit an, während er einen Gruß stammelt und sich wegdreht. Der Wagen ist allerdings so voll, dass das nicht viel nützt. Nina steht direkt neben ihm, durch die Bewegungen der Menge wird er an sie gedrückt; seine schweißfeuchte Hand rutscht am Haltegriff ab und stößt gegen ihre Schulter.

»Mensch, Blendi!«, sagt Nina genervt und versucht, sich von ihm abzuwenden, aber auch sie hat keine Chance.

Blendi ringt sich ein verkniffenes Grinsen ab. »Voll hier, was?«, sagt er und hört genau, wie Nina seufzt.

»Oh Mann, Blendi!« Sie ist ihm so nah, dass er ihren Kaugummiatem riechen kann. »Nee, gar nicht voll hier.«

»Wieso warst du denn heute nicht in der Schule?«, fragt Tabea, die direkt hinter ihnen steht.

Die U-Bahn ruckelt, dann wird sie schneller und bremst plötzlich wieder ab. Ein Raunen geht durch die Menge, als die Leute unsanft aneinandergepresst werden.

Blendi klammert sich an die Haltestange. Er wagt es, einen halben Schritt nach hinten zu gehen, und das klappt auch, ohne dass er jemandem auf die Füße tritt.

»Blendi?«, fragt Tabea. »Hey, ich hab dich was gefragt! Wieso warst du denn nicht in der Schule?«

Tabea und Nina starren ihn an, und Blendi holt Luft. Plötzlich hat er einfach keine Lust mehr, sich so eingeschüchtert zu fühlen. »Ich musste zur Polizei. Die brauchten ein Phantombild. Von dem Komaschläger.«

Tabea reißt die Augen auf, und Nina kneift sie zusammen.

»Aha«, sagt Nina gedehnt und wechselt das Standbein. »Und dabei musste Blendi, der Superheld, ihnen natürlich helfen, was? Mensch, Blendi, langsam fängst du echt an zu spinnen.« Sie grinst, und Blendi weiß, dass er sein Pulver verschossen hat. Sein Mut hat genau für diese drei Minisätze gereicht, und jetzt sind sie raus, und nichts ist dadurch besser. Nina grinst immer noch, Tabea sieht Blendi nachdenklich an, und hinter ihm wird der Wagen wieder voller.

Luft. Er braucht Luft, und so dreht er sich um und schiebt sich durch die hereinströmenden Fahrgäste hinaus. Als er sich noch mal umdreht, kann er durch die Glasscheiben hindurch die Gesichter der Leute erkennen. Tabea starrt vor sich hin, Nina entdeckt er nicht mehr.

Ist auch besser so.

Der Zug rauscht aus der Station, und Blendi holt tief Luft und sieht sich um. Platz der Luftbrücke. Schon wieder!

Zum zweiten Mal an diesem Tag geht er die Treppe hoch. Auf der letzten Stufe klingelt sein Telefon. Als Blendi es herauszieht, muss er die Hand darüberhalten, um das Display zu erkennen, so sehr blendet die Sonne.

Sein Vater ruft an.

Blendi starrt ungläubig auf sein Handy, dann nimmt er den Anruf an. »Baba?«

»Blendi. Mein Sohn«, sagt sein Vater hart, und unwillkürlich lehnt Blendi sich an das Geländer. »Pass auf, ich brauche ein paar Sachen, die musst du mir bringen. Morgen, okay? Ich geb dir dann noch die Adresse. Aber jetzt merk dir mal, was ich brauche, ja?«

»Baba, ich bin gerade … unterwegs, ich weiß nicht, ob ich …«, beginnt Blendi, aber sein Vater lässt ihn nicht ausreden.

»Merk dir einfach, was ich sage, Sohn«, sagt er. »Also, pass auf: Im Schrank in der Küche liegen meine Papiere. Die bringst du mir. Und dann ist da auch noch Geld, in der Innentasche meines guten Anzugs. Sieh zu, dass deine Mutter das nicht mitbekommt. Und dann ein bisschen Wäsche, für zwei, drei Tage, ich brauche etwas zum Wechseln. Alles klar?«

Blendi nickt. »Ja«, flüstert er. »Aber, Baba, du kannst doch … Soll das jetzt so bleiben?«

»Morgen um … sagen wir, um eins!«, sagt sein Vater laut. »Ich gebe dir dann noch die Adresse durch. Mach es gut, Sohn, ich kann mich auf dich verlassen.« Das Letzte ist keine Frage, sondern eine Feststellung, und damit legt sein Vater auf.

Blendi steht da wie ein begossener Pudel. Morgen um eins hat er Schule. Aber das interessiert seinen Vater nicht.

Blendi kneift die Augen zusammen, dann steckt er das Handy wieder ein. Langsam läuft er zum Polizeipräsidium hinüber und schlendert daran entlang. Dahinter kommt die Tankstelle in Sicht, und Blendi bleibt stehen.

Hinten beim Eingang steht ein ganzer Trupp Leute vor dem Übertragungswagen eines Privatsenders. Ein Typ trägt eine Kamera, zwei andere halten Mikrofone in den Händen. So was hat Blendi bisher nur im Fernsehen gesehen. Einen Moment zögert er, dann geht er über den Zebrastreifen.

Unter dem Vordach ist es sofort angenehm kühl, und Blendi steckt die Hände in die Hosentaschen und versucht, unbeteiligt auszusehen, während er sich dem Tankstellenshop nähert.

Dort, an der Stelle, an der vorgestern noch eine Rose lag, liegt nun ein wahres Blumenmeer. Mindestens dreißig, vierzig Blumen und Sträuße liegen nebeneinander vor der Wand, sogar ein paar Plüschtiere kann Blendi entdecken. Komisch ist das, macht man so etwas nicht nur bei Leuten, die ums Leben gekommen sind?

Direkt an der Tür tippen zwei Mädchen in seinem Alter auf ihren Handys herum, daneben steht einer der Reporter, der irgendwie ungepflegt wirkt, und hält einem älteren Mann mit Halbglatze das Mikrofon vors Gesicht. Der ältere Mann sieht erstaunt aus, aber er scheint sich auf die Frage, die ihm der Reporter stellt, einzulassen. Neugierig geht Blendi näher heran.

»... ist doch unglaublich, und das mitten in Berlin! Wo leben wir denn?« Der ältere Mann fährt sich über die Halbglatze und wedelt mit seinem Mercedes-Schlüssel. »Ich bin der Meinung, solche Kerle sollten lebenslänglich bekommen. Da sollte der Staat rigoros* durchgreifen!«

»Lebenslänglich?«, fragt der Reporter.

»Ja, selbstverständlich! Wenn wir hier schon nicht die Todesstrafe haben!«, ruft der ältere Mann und macht ein böses Gesicht. »Aber die sollten wir sowieso wieder einführen. Für Kinderschänder auf jeden Fall!«

---

* Sehr streng.

Der Reporter gibt seinem Kameramann ein Zeichen und senkt das Mikrofon. »Vielen Dank!«, sagt er, aber so schnell will sein Interviewpartner sich nicht verabschieden.

»Wann wird das gesendet? Heute, in der *Abendschau*?«

»Wir sind nicht von der *Abendschau*, wir sind von Kanal 8«, sagt der Reporter und wendet sich ab. »Unsere Sendung heißt *BerlinSpotlight*, heute Abend um zehn vor acht wird gesendet.«

»Das seh ich mir an«, sagt der ältere Mann, was irgendwie drohend klingt, dann geht er breitbeinig zu seinem Auto hinüber.

»Kannst du sofort löschen«, sagt der Reporter zu seinem Kollegen, dann sieht er sich um und entdeckt Blendi. Mit ein paar raschen Schritten kommt er zu ihm hinüber, so schnell, dass Blendi überhaupt nicht reagieren kann.

»Hallo, junger Mann, möchtest du vielleicht was zu den tragischen Ereignissen sagen?«, fragt er und hält Blendi das Mikrofon direkt unter die Nase. Der Kameramann ist ihm gefolgt und richtet seine Kamera auf Blendi, der vollkommen überrascht dasteht.

»Äh …«, macht Blendi. »Ich …«

»Du hast vielleicht davon gehört, dass hier am Samstag ein junger Mann grundlos ins Koma geprügelt wurde?« Der Reporter grinst Blendi an. Jetzt sind auch die anderen Umstehenden aufmerksam geworden und näher getreten. Plötzlich ist Blendi umringt von Leuten, die ihn neugierig anstarren, darunter die beiden Mädchen in seinem Alter. Eine von ihnen hebt ihr Handy und macht ein Foto von Blendi. Er muss schlucken.

»Ja«, sagt er leise. »Ich war dabei.«

Der Reporter zieht die Brauen hoch. »Du warst dabei?«

Blendi wird heiß. Wieso hat er das jetzt gesagt? Aber nun kann er nicht mehr zurück. »Ja«, flüstert er, und der Reporter gibt seinem Kollegen mit der Kamera ein Zeichen. Beide rücken näher an Blendi heran.

»Du warst dabei, stimmt das wirklich?«, fragt der Reporter, und in seiner Stimme ist plötzlich ein ernster Unterton, der Blendi guttut.

Er nickt und räuspert sich.

»Das muss ja heftig gewesen sein«, sagt der Reporter mitfühlend. »Kannst du uns vielleicht davon erzählen?«

»Na ja, ich ...« Der Schweiß läuft Blendi den Rücken hinunter. »Ich hab – ich wollte was einkaufen, und als ich rauskam, bin ich mit dem einen Typen an der Tür fast zusammengestoßen. Und der war sofort total wütend und hat mich beschimpft und so ... und der andere hat sich dann eingemischt, also der, der jetzt im Koma liegt, und dann ...« Blendi möchte am liebsten aufhören zu reden, so unbehaglich ist ihm zumute. Die Kamera beobachtet ihn wie ein riesiges Auge. Wieso hat er bloß damit angefangen?

»Ja, und was war dann?«, fragt der Reporter und hält ihm das Mikro noch ein wenig dichter vors Gesicht. »Woran kannst du dich erinnern?«

Blendi zuckt mit den Schultern. Neben ihm sind jetzt drei neugierige kleine Jungs aufgetaucht, die sich fast gegenseitig umschubsen, und dahinter steht ein Pärchen Arm in Arm, flankiert* von ein paar älteren Herren. Eine Frau hat eine Rose in der Hand, ein komischer Anblick ist das, irgendwie unpassend.

»Komm, erzähl mal, was ist dann passiert? Auch wenn es dir schwerfällt«, sagt der Reporter sanft und guckt Blendi freundlich an.

»Dann ... dann bin ich gegangen. Ich meine, von solchen Typen sollte man sich am besten fernhalten.«

Der Reporter nickt. »Auf jeden Fall! Das ist vollkommen klar! Und was ist dann passiert?«

Einer der Jungs schubst seinen Nachbarn nach vorn, und der schubst ihn zurück, aber Blendi versucht, sich nicht ablenken zu lassen.

»Na ja, der ... die beiden haben sich angeschrien, also, die haben sich so ein Wortgefecht geliefert. Und ich bin dann weiter, und als ich mich umgedreht hab, da lag der, der mir geholfen hat, auch schon am Boden«, sagt er langsam und versucht, einen Schritt rückwärts zu machen. Aber da stehen schon Leute hinter

* Rechts und links begleitet.

ihm, genau wie gerade in der U-Bahn. Blendi merkt, wie ihm erneut der Schweiß ausbricht.

Der Reporter starrt ihn an – unrasiert ist er, das ist Blendi vorher gar nicht aufgefallen –, und die Leute um ihn herum starren ihn ebenfalls an. Sein Kollege hält die Kamera genau auf Blendis Gesicht gerichtet. Blendi fährt sich mit der Hand übers Kinn. Seine Pickel. Alle werden jetzt seine Pickel sehen!

»Und was genau haben die beiden miteinander ge…gesprochen?«, fragt der Reporter ruhig.

Blendi zögert. Dann zuckt er mit den Schultern. »›*Was willst du denn, du Jude?*‹, hat der Schläger gesagt.«

»*Was willst du denn, du Jude?*«, wiederholt der Reporter. »Das hat er gesagt?«

»Ja, das hat er gesagt.« Blendi nickt. Der Reporter sieht ihn an, dann verzieht sich sein mitfühlendes Gesicht zu einem schiefen Grinsen.

»Echt?«, sagt er wie zu sich selbst. »*Was willst du denn, du Jude?*«

Und da weiß Blendi, dass er genau das Falsche gesagt hat. Auch wenn es die Wahrheit ist.

Aber die will ja anscheinend sowieso niemand hören.

Muris

Er fühlt sich wie gerädert*, als er am späten Nachmittag nach Hause läuft. Auf seinem Handy sind mittlerweile an die zwanzig Nachrichten eingegangen, die meisten von Ambr und Ferhat, aber auch einige von Adnan, der immer nur das Gleiche schreibt:

Wo bist du?

Andere große Brüder beschützen ihre jüngeren Brüder, aber Adnan nicht. Nicht zu fassen, dass sie sich früher so gut verstanden haben.

---

* Erschöpft.

Die Sonne brennt auf ihn hinunter, und Muris geht mit langen Schritten hinüber auf die Schattenseite der Straße. Trotz der Hitze ist viel los, neugierige Touristen in luftiger Kleidung bevölkern die Straße, ein paar Mädchen in seinem Alter stecken vor einem Coffeeshop kichernd die Köpfe zusammen. Muris schnalzt leise mit der Zunge, als er an ihnen vorbeigeht, und eins der Mädchen, eine niedliche Blonde, hebt fragend den Kopf. Muris lächelt sie auffordernd an, aber genau in diesem Moment stolpert er in seinen zu großen Schuhen und sieht, wie sie belustigt zu grinsen anfängt.

Wütend spuckt er aus und geht weiter, mit geradem Rücken, hoch aufgerichtet. Das Kichern der Mädchen schwebt hinter ihm her.

Er braucht neue Schuhe. Dringend. Und Geld. Zweihundert Euro. Woher, in aller Welt, soll er die nehmen?

Das Handy vibriert, noch eine Nachricht.

He, wo steckst du? Bin mit Ambr
im Park. Noch eine halbe Stunde.

Ferhat. Muris seufzt. Es nützt nichts, er braucht jetzt langsam mal einen Kumpel, der was für ihn tut.

Ferhat und Ambr sitzen auf einer Bank im Schatten, gleich neben dem stillgelegten Brunnen. Als Muris klein war, spuckte er jeden Sommer einen hohen Strahl in die Luft, Muris konnte stundenlang fasziniert davorstehen. Aber Berlin ist ja nun arm, das weiß jeder.

Ambr entdeckt ihn als Erster und winkt ihm mit seinem Handy zu. »He, Alter, wo warst du gestern, Mann?« Er klatscht ihn ab, und Ferhat grinst.

»Wie siehst du denn aus, Bruda? Coole Frisur, wow. Siehst ja fast aus wie ein Deutscher!«

»Schnauze«, sagt Muris und lässt sich neben die beiden auf die Bank fallen. »Warum bist du eigentlich nicht in der Schule?«, fragt er und dreht sich zu Ambr.

Ambr lacht. »Und warum bist du nicht im Knast?«, fragt er zurück und zeigt seine weißen Zähne. Ambr ist Ägypter, es gibt nicht viele Ägypter in Berlin. Muris kennt außer ihm eigentlich überhaupt keinen anderen. Mit der großen Flüchtlingswelle vor ein paar Jahren sind keine gekommen, nur Syrer, Afghanen und Eritreer oder wie die heißen.

»He, Ferhat! Hast du noch ein Paar gute Schuhe für mich, Kumpel?«, fragt Muris.

»Hä, wieso?« Ferhat sieht an ihm hinunter. »Die sehen doch cool aus, was willst du denn, Mann?«

»Passen nicht richtig.«

Ferhat zieht die Brauen hoch. »Und wieso hast du sie dann an?«

»Hab ich gestern 'nem Typen abgezockt, da sahen die irgendwie kleiner aus«, sagt er lässig.

Ferhat und Ambr sehen ihn schweigend an.

»Ja, was denn?«, fragt Muris, und Ferhat schüttelt den Kopf.

»Mann, Alter, ich guck mal. He, wo warst du eigentlich die ganzen letzten Tage? Was machst du dich denn so dünne?*«

Muris zuckt mit den Schultern und legt den Kopf in den Nacken. Durch die dichten Baumkronen fallen ein paar winzige Sonnenstrahlen auf seine Stirn, und für einen Moment schließt er die Augen. Komisch, dass er plötzlich den Typen von der Tankstelle vor sich sieht. Sein ungläubiger Gesichtsausdruck, bevor er wie ein Stein nach hinten kippt.

»He, hast du die Geschichte mitgekriegt, mit dem Komaschläger an der Tanke?«, fragt Ambr und zeigt wieder seine weißen Zähne. »Krass, oder? Hier gleich oben an der Ecke!« Er deutet mit dem Kinn nach hinten, und Ferhat knufft ihn in die Seite.

»Mann, als wenn das irgendwer noch nicht mitgekriegt hätte!«

»Ist aber auch keine Leistung«, sagt Ferhat und zuckt mit den Achseln. »Soll ja ein Türke gewesen sein.«

»Oder ein Araber«, sagt Ambr.

»Oder ein Ägypter«, fügt Muris hinzu.

* Umgangssprachlich: Warum lässt du dich so selten sehen?

Ambr boxt ihn spielerisch in den Bauch, und Muris greift blitzartig zu, nimmt seinen Arm in die Mangel, drückt seinen Ellenbogen nach vorn und die Handfläche nach hinten.

»Au, lass los!« Ambr verzieht das Gesicht und fängt an zu keuchen. »Hör auf!«

Muris genießt seine Überlegenheit, dann lacht er und lässt Ambr los. »Haste davon«, sagt er entspannt.

Ambr reibt sich den Arm und die Hand, dann zuckt er mit den Schultern. »Morgen Nachmittag gibt es übrigens eine Demo, von seiner Schule zur Tankstelle rüber. Die spinnen doch echt, am vorletzten Schultag. Friede, Freude, Eierkuchen!«

»Hä, von der Schule von wem?«, fragt Ferhat.

»Na, von dem, der jetzt im Koma liegt«, sagt Ambr. »Da sind extra welche zu unserer Schule rübergekommen und haben Alarm gemacht. Und jetzt gehen die von uns auch mit.«

»Ha, da lass uns doch hin, ey. Bisschen Stress machen!«, schlägt Ferhat vor.

»Halt's Maul«, sagt Muris lahm. Eine Demo? Da sollte er sich auf jeden Fall fernhalten, sicher ist sicher. »Wo geht die Demo noch mal lang?«

»Na, von der Schule von dem, ich glaub, die ist da irgendwo Boelckestraße, und dann rüber zur Tanke, weißt du doch, die da oben bei den Bullen an der Ecke!«

Muris nickt und betrachtet seine lang ausgestreckten Beine. »Und wann?«

»Warte, ich guck mal!« Ambr tippt in sein Handy, und dann setzt er sich plötzlich aufrecht hin. »Das ist ja krass!«

»Was?«, fragt Ferhat gelangweilt.

»Hier, der ist Jude!« Ambr starrt fasziniert auf sein Handy. »Das ist tatsächlich ein verschissener Jude! Hier, guckt mal!« Er hebt sein Handy, und Ferhat und Muris gucken gleichzeitig über seine Schulter. Gemeinsam lesen sie die Schlagzeile:

Prügelorgie: Judenfeindliche Attacke!

»Da ist ein Video dabei, mach mal an«, befiehlt Ferhat, und Ambr klickt an.

Man sieht einen Reporter, der ernst in die Kamera spricht: »Wie Kanal 8 soeben erfahren hat, ist bei der Prügelattacke vom Wochenende an einer Kreuzberger Tankstelle mit höchster Wahrscheinlichkeit von einem judenfeindlichen Hintergrund auszugehen. Ein Zeuge hat soeben ausgesagt, dass judenfeindliche Kommentare gefallen sind, unmittelbar bevor der Täter, der vermutlich südeuropäischer Herkunft ist, zuschlug.« Die Kamera schwenkt herum, und dann kommt ein junger, unsicher wirkender Typ ins Bild, dessen Kinn nahezu komplett mit Aknepickeln bedeckt ist.

Muris braucht einen Moment, bis er ihn erkennt. Der Arsch, der alles in Rollen gebracht hat. Der Scheißer an der Tür!

Wütend presst er die Fingernägel in seine Handballen, als der Arsch auch noch zu sprechen beginnt.

»Die beiden haben sich angeschrien, also, die haben sich so ein Wortgefecht geliefert. Und ich bin dann weiter, und als ich mich umgedreht hab, da lag der, der mir geholfen hat, auch schon am Boden«, sagt der Picklige langsam. Für einen Moment sieht es so aus, als würde er ausweichen wollen, aber dann ist die Stimme des Reporters aus dem Off zu hören. »Und was genau haben die beiden miteinander ge…gesprochen?« Die Kamera zoomt das Pickelgesicht dichter heran. Muris spürt, wie er immer wütender wird. So ein Arschloch!

Der Picklige zögert, dann zuckt er mit den Schultern. »›*Was willst du denn, du Jude?*‹, hat der Schläger gesagt.«

Ein Schnitt, und wieder kommt der Reporter ins Bild, mit tragischer Miene. »*Was willst du denn, du Jude!*«, wiederholt er ruhig. »Es ist unfassbar, aber wahr«, sagt er. »Und angesichts der Tatsache, dass es sich bei dem jungen Mann, der immer noch im Koma liegt, in der Tat um einen Angehörigen des jüdischen Glaubens handelt, wirkt das Geschehen noch grausamer. Siebzig Jahre nach Kriegsende sind unsere jüdischen Mitbürger nicht sicher in unserem Land. Umso wichtiger, dass der skrupellose Schläger bald gefasst wird. Helfen Sie mit!«

Im nächsten Moment wird eine Phantomzeichnung eingeblendet, und Muris stockt der Atem. Reflexartig streckt er die Hand aus und drückt das Bild weg.

»He!«, ruft Ambr wütend und schlägt seine Hand weg. »Hey, was soll das? Spinnst du, Bruder?«

»So einen Scheiß braucht man sich gar nicht angucken«, sagt Muris und steht auf. »Ist doch sowieso alles gelogen, Mann. Scheiß-Lügenpresse!«

Sein Herz klopft wie verrückt.

»Mann, was ist denn los mit dir, Alter?«, fragt Ambr und tippt wieder auf seinem Handy herum. »Mann, echt, wie bist du denn in letzter Zeit drauf!«

»Ich muss los«, sagt Muris knapp und setzt sich in Bewegung. »Bis später.«

Dass Ambr ihm hinterherruft, ist ihm egal.

Aber Ferhats Blick ist ihm nicht egal. Der macht ihm echt Sorgen.

4 MITTWOCH

Blendi

»Was machst du denn da?«

Blendi fährt herum und lässt fast die Hose fallen, die er gerade aus dem Kleiderschrank seiner Eltern genommen hat.

»Spinnst du? Oder … was soll das denn, Blendi?« Edona tritt ins Zimmer und schließt die Tür hinter sich. Dann lehnt sie sich mit verschränkten Armen dagegen und sieht Blendi forschend an. »Was machst du da?«

Blendi steht einen Moment unschlüssig da, die Hose seines Vaters in der Hand, dann stopft er sie in seinen Rucksack, in dem schon zwei Hemden und ein wenig Unterwäsche stecken. »Ich pack nur was ein«, sagt er und zieht den Reißverschluss zu. »Geht dich gar nichts an.«

»Und ob mich das was angeht«, sagt Edona und macht keine Anstalten, die Tür freizugeben. Stattdessen starrt sie Blendi an. »Was packst du da ein? Packst du etwa Babas Klamotten ein?«

»Nee«, sagt Blendi schnell, aber Edona bleibt unbeirrbar stehen und starrt ihn weiter an.

»Baba hat dir das befohlen, stimmt's? Und der kleine brave Blendi macht alles, was Baba will«, sagt sie sarkastisch* und schüttelt den Kopf.

Blendi spürt, wie er rot wird. »Quatsch«, sagt er lahm, aber gegen Edona kommt er sowieso nicht an, das ist ihm schon klar.

»Du weißt doch, dass Baba ein Arsch ist, oder?« Edona stößt sich von der Tür ab. »Und dass du ihm sonst wo vorbeigehst, weißt du auch. Genau wie Mama und ich. Wir sind Baba doch scheißegal.« Ihre Stimme ist hart, hart und scharf wie die einer erwachsenen Frau. Und das ist Edona auch fast, stellt Blendi fest,

* Höhnisch, bissig spöttisch.

während er seine Schwester ansieht. Sie ist gar kein Mädchen mehr, sie ist schon neunzehn.

»Das stimmt nicht«, sagt er und räuspert sich. »Wir sind ihm nicht scheißegal. Er braucht nur … er braucht nur mal eine Pause. Von Mama.«

»Hat er dir das so gesagt?« Edona schnaubt höhnisch.

Blendi zuckt mit den Schultern, dann wirft er sich seinen Rucksack über die Schulter. »Ich muss los, zur Schule. Lass mich mal durch.«

Aber Edona rührt sich keinen Zentimeter vom Fleck. Ist sie eigentlich auch gewachsen in letzter Zeit? »Er braucht keine Pause oder so, das ist alles Quatsch, Blendi. Er hat eine neue Freundin und keinen Bock mehr auf Mama. Und auf uns schon gar nicht. Hatte er noch nie.«

»Was redest du denn da?«, fragt Blendi. »Wieso machst du ihn denn jetzt so schlecht?«

»Weil er ein Arsch ist«, sagt Edona, und ihre Augen blitzen. »Ein rücksichtsloser Arsch. Und jetzt sag nicht, dass du das alles nicht mitgekriegt hast! Er hat seit mindestens zehn Jahren ständig neue Frauen. Und Mama hat immer stillgehalten und nichts gesagt. Wahrscheinlich wegen uns!« Sie lacht und schüttelt den Kopf. »Und jetzt hat sie ein Mal den Mund aufgemacht, und schon ist er weg. Und du trägst ihm noch seinen Scheiß hinterher, Blendi.« Ihre Mundwinkel ziehen sich höhnisch nach unten. Sehr gerade steht sie da, seine große Schwester, fertig angezogen und geschminkt, auf dem Sprung in die Geschäftswelt. Letztes Jahr hat sie ihre Ausbildung als Notariatsgehilfin* abgeschlossen und ist auch gleich von der großen Kanzlei, in der sie gelernt hat, übernommen worden. Seitdem lässt sie sich von Baba nichts mehr sagen. Von Mama sowieso nicht. Irgendwie bewundert Blendi sie. Und gleichzeitig ist er sauer auf sie. Edona, die Tolle, die alles hinkriegt, jaja. Und er, Blendi, der Loser.

---

* Angestellte bei einem Notar. Der Notar ist eine Person, die Beglaubigungen und Beurkundungen von Verträgen usw. vornimmt.

Der seinem Vater den Scheiß hinterherträgt.

»Ich weiß gar nicht, wieso du dich jetzt einmischst«, sagt er. »Dir ist doch auch schon lange egal, was hier so los ist! Du bist doch nie da!« Edona steht immer noch wie ein Mahnmal* vor der Tür, als er an ihr vorbei nach der Klinke greift und versucht, daran zu ziehen. »Jetzt lass mich durch, Mensch!«

Aber Edona bewegt sich nicht. Stattdessen greift sie nach Blendis Rucksack, und er dreht sich weg. Einen Moment lang zerrt sie an ihm, dann geht der Reißverschluss auf, und Babas Hose und seine Hemden fallen zu Boden, gefolgt von Blendis Skizzenbuch. Schnell bückt sich Blendi danach, aber Edona ist schneller. Schon hat sie es in der Hand und starrt auf die aufgeschlagene Seite.

»Was ist das denn?«, fragt sie und sieht Blendi an. »Das ist doch … Wieso malst du denn so was ab?«

Blendi versucht, ihr das Skizzenbuch aus der Hand zu ziehen, aber Edona hält es fest. Also lässt er los. Er will auf keinen Fall, dass es auseinanderreißt. »Das ist nicht abgemalt«, sagt er rau.

»Nicht?« Edona betrachtet die Skizze des Komaschlägers. Dann blättert sie um und studiert die Ganzkörperzeichnung, die Blendi aus der Erinnerung von ihm gemacht hat. Und die Bewegungsstudien auf den nächsten Seiten. Edona sieht sich jede einzelne Zeichnung genau an, lacht auf, als sie die Skizze sieht, die Blendi von sich selbst gemacht und in der er seine Pickel übermäßig betont hat, dann klappt sie das Skizzenbuch zu und drückt es Blendi in die Hand. »Du kannst echt gut malen, Blendi«, sagt sie.

»Zeichnen«, stellt Blendi richtig.

Edona lächelt, ein schmales Lächeln, das Blendi in letzter Zeit viel zu selten auf dem Gesicht seiner Schwester gesehen hat. »Dann eben zeichnen«, sagt sie. »Da solltest du echt was draus machen. Statt Baba seinen Scheiß hinterherzutragen.«

Schnell hebt er Babas Klamotten wieder auf und stopft sie in den Rucksack zurück. »Aber er hat mich drum gebeten«, sagt er leise. »Da kann ich schlecht sagen, nee, mach ich nicht.«

---

* Standbild oder Denkmal zur Erinnerung an verbrecherische historische Ereignisse.

Edona seufzt. »Red mal mit ihm«, sagt sie, auf einmal ganz ruhig. »Sag ihm, was für einen Scheiß er da macht. Und, Blendi?«

»Was?« Blendi blickt zu ihr hoch. Edona sieht zu ihm hinunter. Den Ausdruck in ihrem Gesicht kann er nicht lesen.

»Du bist schon okay, Kleiner«, sagt sie. »Aber Baba ist trotzdem ein Arsch.« Dann zieht sie die Tür hinter sich auf und geht hinaus.

Blendi steckt vorsichtig sein Skizzenbuch ein. Ihm ist auf einmal sehr warm. Aber von innen.

Muris

»Muri, lass die Augen zu!«

Muris spürt die kleinen Finger seiner Schwester auf seinem Gesicht. Vorsichtig tastet sie sein Kinn ab, seine Wangen, dann seine Stirn und von da aus die geschlossenen Augenlider. Wie Schmetterlinge tanzen ihre Fingerkuppen auf Muris' Haut, und schließlich muss er lachen.

»Nicht lachen!«

»Aber das kitzelt.«

»Du sollst nicht lachen!« Amra schmiegt sich in seine Arme und berührt seine Nase. Muris versucht, nicht zu lachen, und kitzelt sie mit der linken Hand am Bauch. Amra kreischt und windet sich, aber er hält sie fest. Dann müssen sie beide kichern.

Sie springt aus dem Bett. »Komm, Muris, frühstücken!«

»Ich muss doch noch gar nicht los«, sagt er und gähnt extra laut. Aber Amra schüttelt den Kopf und streckt die Hand aus. Muris lässt sich hochziehen.

Im Schlafanzug folgt er seiner kleinen Schwester, die schon fertig für die Schule angezogen ist, in die Küche. Adnan steht neben seiner Mutter an der Spüle und trinkt einen letzten Schluck Tee, Elvir hockt am Tisch vor seiner Frühstücksschale, die Augen starr auf den kleinen Fernseher gerichtet, der oben neben der Dunstabzugshaube angebracht ist. Der Ton ist leise gestellt, aber Elvir sitzt da wie hypnotisiert und starrt auf den Bildschirm. Muris schiebt sich neben ihn auf die Bank und zieht die Müslipackung zu sich herüber.

Adnan zieht die Brauen hoch. »He, Bruda«, sagt er wie beiläufig. »Du denkst dran, oder? Hast noch einen Tag Zeit.«

Muris nickt, ohne ihn anzusehen. »Weiß ich«, sagt er. »Hey, Mama, gibt es noch Joghurt? Der hier ist leer.«

»Ich hol dir was.« Amra springt auf und hüpft zum Kühlschrank, während sich Adnan mit zwei Wangenküssen von ihrer Mutter verabschiedet, Elvir und Amra über die Köpfe streicht und dann Muris die Hand auf die Schulter legt. Dann beugt er sich kurz zu ihm hinunter. »Mach mir keine Schande, Muris«, flüstert er, drückt einmal so fest zu, dass Muris die Zähne zusammenbeißen muss, und geht.

Muris schüttet sich ein wenig Joghurt auf sein Müsli, dann isst er ein paar Löffel, ohne hochzusehen.

Adnan, dieser Scheißkerl. Statt dass er mal fragt, ob er ihm helfen kann, macht er ihm nur noch mehr Stress. Als ob ihm seine Kumpels wichtiger sind als seine Familie!

Mit halbem Ohr* hört er zu, wie Amra mit seiner Mutter über eine anstehende Klassenreise nach den Sommerferien redet, dann reißt ihn Elvirs Stimme aus seinen Gedanken.

»Guck mal, Muri, der sieht fast aus wie du!«

Muris blickt hoch. Auf dem Fernsehbildschirm ist noch für einen Moment die Phantomzeichnung zu sehen, die Ambr auf seinem Handy hatte. Dann ist sie weg, und das lächelnde Gesicht des Moderators der Morgensendung erscheint. »Wie, ich seh aus wie der?«, fragt Muris und zieht Elvir am Ohr. »Du spinnst ja!«

»Nicht wie der! Wie der auf der Zeichnung!« Elvir windet sich aus seiner Hand und kneift unwillig die Augen zusammen. »Der sah fast aus wie du!«

»Was für eine Zeichnung?«, fragt Amra neugierig.

»Da war eine Zeichnung im Fernsehen, und da war einer drauf, der sah fast aus wie Muri«, sagt Elvir.

* Nicht richtig zuhören.

»Kann nicht sein«, sagt Muris und versucht, möglichst gelassen weiterzuessen. Jetzt auf keinen Fall hochgucken!

»Und warum war da eine Zeichnung im Fernsehen?«, fragt Amra neugierig und trägt ihre leere Schüssel zur Spüle.

Einen Löffel, gut kauen, und noch einen. Die Schüssel ist fast leer.

»Weiß nicht«, sagt Elvir achselzuckend neben Muris und steht auf.

»Ihr müsst los, Kinder«, sagt Muris' Mutter und legt das Küchentuch gefaltet auf den Wasserhahn.

»Bringst du uns?«, fragt Elvir.

»Ja, bringst du uns?«, bettelt Amra.

Ihre Mutter verdreht die Augen. »Na gut«, sagt sie und schüttelt den Kopf. »Ich bringe euch, ich muss ohnehin einkaufen. Und du, Muris?«

Muris' Nacken prickelt. »Was?«

»Bist du noch da, wenn ich zurückkomme?«

Muris zuckt mit den Schultern. »Mal sehen«, sagt er. »Kann sein.« Er schiebt die halb leere Schüssel weg. Plötzlich hat er keinen Hunger mehr.

Während seine Mutter und seine beiden kleinen Geschwister sich fertig machen, bleibt Muris mit verschränkten Armen in der Küche sitzen und sieht zum Fernseher hoch, auf dem der glatt rasierte Moderator mittlerweile die Wetterprognose für die nächsten zehn Tage verkündet. Heiß und sonnig wird es bleiben, erst Ende nächster Woche sollen die Temperaturen wieder ein wenig runtergehen.

Amra kommt noch einmal in die Küche gelaufen und gibt Muris einen Kuss, gefolgt von Elvir, dann klappt die Tür hinter allen dreien zu.

Muris sitzt still da und wartet, eine Minute, eine weitere, noch eine. Dann steht er auf, räumt den Tisch ab und schaltet den Fernseher aus. Einen Moment lang zögert er, aber dann zieht er einen Stuhl an die Anrichte und steigt hinauf. Mit einem Griff hat er die Pappschachtel oben auf dem Hängeschrank in der Hand und klappt sie auf. Im Briefumschlag sind vier Fünfzigeuroscheine, daneben liegen lose verstreut einige Münzen und kleinere Scheine.

Muris starrt einen Moment lang blind auf die Schachtel, dann schiebt er sie wieder an ihren Platz. Als er vom Stuhl hinuntersteigt und ihn wieder an den Tisch zurückstellt, ist ihm leicht übel. Das ändert sich auch nicht, als er ein paar Minuten später die Wohnungstür leise hinter sich zuzieht.

Mascha

Maschas Oma stöhnt erleichtert, als sie aus der morgendlichen Sommerhitze ins Foyer* des Krankenhauses treten. »Das ist ja eine Affenhitze«, sagt sie und nimmt ihren Strohhut ab. »Meine Güte! Wie ihr jungen Leute das nur aushaltet, so ganz ohne Kopfbedeckung!«

Mascha zuckt mit den Schultern. Vom Kiosk leuchten ihr die Schlagzeilen der Zeitungen entgegen, die sie schon in den Auslagen an der Straße gesehen hat: **»Antisemitische Attacke« – »Hau ab, du Jude!« – »Komaschläger judenfeindlich?«**

Eine der Zeitungen hat sie sich auf dem Weg zu ihrer Oma sogar gekauft, aber sie kann den Informationen aus dem Bericht immer noch nicht ganz glauben. Lion soll Jude sein? Klar, kann sein. Das ist ja nicht unbedingt etwas, worüber man sich unterhält. Mascha hat zum Beispiel keine Ahnung, ob Mia getauft ist oder so, darüber haben sie sich einfach noch nie unterhalten.

Aber wie soll denn der Schläger das so schnell herausgefunden haben, innerhalb der wenigen Minuten, die Mascha in der Tankstelle war? Das sieht man einem doch nicht an, ob man Jude ist.

»Wo müssen wir denn hin, Mascha?«, fragt ihre Oma.

»In den ersten Stock«, sagt Mascha und hakt ihre Oma unter, um sie zielstrebig am Kiosk vorbeizulotsen. Irgendwie möchte sie nicht, dass sie die Schlagzeilen sieht. Nicht, bevor sie sich richtig darüber im Klaren ist, was das alles zu bedeuten hat.

---

* Empfangs- oder Vorhalle.

In der Vorhalle sind ziemlich viele Leute, aber vor den Fahrstühlen steht nur ein junger, türkisch aussehender Pfleger, der einen Infusionsständer vor sich herschiebt und Mascha schüchtern anlächelt. Mascha lächelt zurück, dann sieht sie zur Seite.

Komisch, theoretisch könnte genau dieser schüchtern aussehende Typ der Schläger sein. Das hat sie vorhin auf der Straße auch schon gedacht: Eigentlich könnte es fast jeder sein. Sie hat ihn ja nicht gesehen.

Die Fahrstuhltüren öffnen sich mit einem leisen Pling, und Mascha und ihre Oma gehen vor dem Pfleger hinein. Bevor Mascha auf den entsprechenden Knopf drücken kann, tippt der Pfleger auf die Fünf und sieht dann fragend zu Mascha. »Welche Etage?«, fragt er freundlich.

»Die Eins, bitte«, sagt ihre Oma, als Mascha einen Moment zu lange schweigt, dann drückt sie ihren Arm und lächelt dem Pfleger zu. »Vielen Dank, junger Mann.«

Der Pfleger wirft einen kurzen Blick zu Mascha, brummelt einen unverständlichen Dank und sieht zu Boden.

Bei dem Zeugen, der im Bericht erwähnt wird und der den entscheidenden Satz gehört haben will, kann es sich ja nur um den Jungen mit den Pickeln handeln, der Mascha am Ende von dem anderen Typen weggezerrt hatte. Mit ihm würde sie wirklich gerne mal reden.

All das kommt ihr so unwirklich vor.

Vor allem auch die Tatsache, dass Lion jetzt schon vier Tage im Koma liegt und sie immer noch nichts von ihm gehört oder ihn gesehen hat.

Der Fahrstuhl hält, und Mascha und ihre Oma treten auf den Flur, ohne den Pfleger noch einmal anzusehen. Der Flur links ist fast leer, nur zwei Krankenschwestern sind zu sehen, die einen Gerätewagen den Gang hinunterschieben. Auf der rechten Seite aber, ganz hinten vor der Tür zur Intensivstation, stehen ein paar Menschen dicht beieinander. Maschas Herz fängt plötzlich an, heftig zu schlagen.

»Da lang?«, fragt ihre Oma, und als Mascha nickt, gehen sie los. Diesmal ist es ihre Oma, die zielstrebig vorangeht, und Mascha trabt zögerlich hinter ihr her.

Vier Leute sind es, die dort an der Tür zur Intensivstation stehen; zwei Männer, eine Frau und ein Mädchen. Oder nein, es ist ein Junge, ein Junge mit längeren Haaren, zwei, drei Jahre jünger als Mascha, das sieht sie, als sie näher kommen. Er hält sich ein wenig abseits und sieht auf den Boden, während die Erwachsenen sich leise unterhalten.

Noch fünfzig Meter vielleicht. Maschas Herz beginnt noch schneller zu schlagen, als ihr plötzlich klar wird, dass sie eventuell gleich Lion sehen wird. Aber nicht den Lion, den sie kennt, den munteren, lächelnden, hüpfenden Lion mit den leuchtenden Augen. Sondern wahrscheinlich einen bleichen, still daliegenden Lion mit geschlossenen Augen.

Will sie das überhaupt?

Der Gedanke macht ihr so sehr Angst, dass sie abrupt* stehen bleibt.

Ihre Oma sieht sie forschend an. »Was ist denn, Mascha?«

»Ich … ich weiß nicht«, sagt Mascha und sieht wieder zu den Leuten vor der Tür hinüber. Die beiden Männer sind nur von hinten zu sehen, aber das Gesicht der Frau kann Mascha gut erkennen. Es sieht traurig aus, traurig und erschöpft.

Die Frau streicht dem Jungen über den Kopf, und er lehnt sich kurz an sie, bevor er sich wieder breitbeinig hinstellt. Sein Haar fällt ihm ins Gesicht, doch plötzlich weiß Mascha, an wen er sie erinnert.

Ihre Oma drückt ihren Arm. »Mascha, du musst nicht, wenn du nicht willst. Das ist auch nicht schlimm, wirklich nicht. Du kannst auch mit dem Besuch warten, bis es ihm besser geht.«

»Nein, nein, das ist schon okay«, sagt Mascha. »Aber ich …«

»Bist du sicher?«, fragt ihre Oma.

* Plötzlich, unvermittelt.

Die beiden Männer drehen sich um, und da erkennt Mascha den einen von ihnen. Es ist der Mann mit dem Käppi, der beim letzten Mal, als Mascha hier war, den Fotografen weggeschickt hat.

Für einen Moment setzt Maschas Herz aus. Das da vorn, das ist Lions Familie. Das sind seine Eltern und sein kleiner Bruder, der ihm total ähnlich sieht, und vielleicht noch ein Verwandter.

Das sind die Menschen, die Lion nahestehen, die Angst um ihn haben, deren Leben ins Wanken geraten ist. Die sein ganzes bisheriges Leben mit ihm verbracht haben. Das sind die Leute, die es schwer haben werden, weiterzuleben, wenn er nicht wieder aus dem Koma erwacht.

Und sie, Mascha, hat nur einen einzigen Abend mit ihm geteilt. Und einen Kuss.

»Oma«, sagt sie und macht einen Schritt rückwärts. »Oma, ich glaube, ich kann nicht …«

Ihre Oma sieht zu Lions Familie hinüber. Der Mann mit dem Käppi hat sich hingesetzt und die Hände vors Gesicht geschlagen, der andere Mann umarmt Lions Mutter und flüstert ihr leise etwas ins Ohr. Lions Bruder schlingt die Arme um seinen Oberkörper und sieht zu Mascha hinüber. »Ist das seine Familie?«, fragt Oma, und Maschas Herz setzt erneut aus.

Langsam nickt sie. »Ich glaube, ja«, flüstert sie.

Ihre Oma nickt ebenfalls, dann sieht sie Mascha nachdenklich an. »Möchtest du hingehen und mit ihnen sprechen?«

Lions Bruder sieht immer noch zu Mascha hinüber. Für einen Moment ist Mascha unschlüssig, dann schüttelt sie energisch den Kopf. »Nein«, sagt sie. »Nein, Oma, komm, lass uns wieder gehen. Ich kann das nicht.«

»Bist du sicher?«, fragt ihre Oma. Als Mascha nickt, dreht sie sich um, ohne Maschas Arm loszulassen, und führt Mascha zurück in Richtung Fahrstuhl.

Als sie einsteigen, wirft Mascha noch mal einen Blick zu Lions Familie hinüber. Lions Bruder hat sich hingesetzt und ein Handy herausgezogen, seine Eltern stehen Arm in Arm mitten im Flur und reden leise mit dem Mann mit dem Käppi.

Nein, es ist kein Käppi, das er da aufhat, korrigiert sich Mascha. Es ist eine Kippa, die traditionelle Kopfbedeckung der gläubigen Juden.

Blendi

»Wie, gehst du schon? Wir gucken doch noch den Film in Deutsch!« Tabea steht mitten im Weg, und Blendi weiß nicht, wie er an ihr vorbeikommen soll.

»Ich … äh, ich muss zum Arzt«, sagt er und grinst schief. Aber Tabea bleibt stehen. Sie rückt nur ein winziges Stückchen zur Seite, um ein paar Sechstklässler, die aus der Kantine kommen, vorbeizulassen.

»Da verpasst du ja richtig was«, sagt sie. »Der Film soll total gut sein.«

Blendi nickt. »Ja, kann sein«, sagt er. »Aber ich muss los.«

Was hat sie bloß? Kann sie ihn nicht einfach vorbeilassen?

»Dann mach's gut«, sagt sie und pustet sich eine dunkle Strähne aus dem Gesicht. »Kommst du morgen? Morgen gibt es Zeugnisse.«

Als wenn er das nicht wüsste!

»Klar.« Er sieht auf die Uhr. Gleich halb, er muss sich beeilen. Sein Vater kann es nicht leiden, wenn jemand unpünktlich ist.

»Und heute Nachmittag, kommst du da auch?«

Blendi weiß, was sie meint. Aber bei dem Gedanken an die Demo wird ihm unbehaglich. »Weiß noch nicht«, sagt er und zieht unwillkürlich die Schultern hoch.

»Tabby! Jetzt komm doch mal!«, ruft Nina, sie steht in der geöffneten Tür zum Mädchenklo.

Tabea sieht Blendi noch einen Moment lang an, dann zuckt sie mit den Schultern. »Ich fänd es gut, wenn du kommst«, sagt sie. »Ist schließlich eine wichtige Sache, findest du nicht?« Und damit dreht sie sich um und lässt ihn stehen.

Blendi setzt sich in Bewegung. Dass jetzt auch noch Tabea nervt! Bisher hat sie ihn immer in Ruhe gelassen.

Er weiß noch nicht, ob er heute Nachmittag auf die Demonstration gehen soll. Eigentlich findet er die Idee richtig gut, andererseits hat er Angst, dass ihn jemand wiedererkennt. Was dann passiert, kann er sich gut vorstellen – damit hat er die halbe Nacht verbracht. *Blendi, du Pickelfresse – traust dich ins Fernsehen? Na, hast du mal wieder schön angegeben?*

Aus seiner Schule hat anscheinend gestern niemand die Sendung auf Kanal 8 gesehen, doch es gibt bestimmt jede Menge Leute, die es mitgekriegt haben. Allerdings war der Beitrag heute Morgen nicht mehr zu finden. Aber die Schlagzeilen mit der Judengeschichte reichen ja auch so.

Langsam geht er zur U-Bahn. Auf dem Bahnsteig stehen viele Leute; es ist Mittagszeit, da ist immer besonders viel los. Mit geübtem Blick erkennt Blendi zwei Gruppen von Typen, die ihm Stress machen könnten, und läuft mit schnellen Schritten an ihnen vorbei.

Bei der zweiten Gruppe hat er allerdings Pech, einer von ihnen, ein schmächtiger Dunkelhaariger mit arroganter Miene, hat ihn gesichtet, bevor er an ihnen vorbei ist.

»Hey, Pussy!«, ruft er, und seine beiden Kumpels, ein bärtiger Türke und ein gelangweilt aussehender Libanese oder Palästinenser, lachen hässlich. »Pussy, willst du mir einen blasen? Komm her!«

Blendi läuft rot an und geht weiter. Warum er ständig für schwul gehalten wird, kann er sich irgendwie nicht erklären, aber es passiert immer wieder. Auf alle Fälle kotzt es ihn an.

»Pussy!« Meckerndes Gelächter. Eine Frau, an der Blendi gerade vorbeigegangen ist, sieht ihn abschätzend an, und er dreht sich weg.

Die Leute sind echt scheiße.

Als die Bahn einfährt, quetscht Blendi sich ganz hinten in den letzten Wagen in die Ecke, hinter zwei riesige, muskelbepackte Bauarbeiter in dreckigen Klamotten. An die Wand gelehnt, kann er bequem zwischen den Schultern der beiden hindurch auf den Monitor oben im Gang sehen, in dem aktuelle Nachrichten eingeblendet werden.

Ein Unfall auf der Avus hat zwei Verletzte gefordert; Unfallursache ist vermutlich überhöhte Geschwindigkeit.

Im nächsten Mai wird Barbra Streisand – offenbar eine uralte Schauspielerin oder Sängerin, dem Foto nach zu urteilen – ein Konzert in der Waldbühne geben; der Vorverkauf startet demnächst.

Komaschläger: Die Prügelattacke
auf den 17-Jährigen vom Samstag hatte
offenbar einen judenfeindlichen Hintergrund.
Das Opfer liegt immer noch im Koma.

Blendi spürt, wie er eine Gänsehaut bekommt. Schnell sieht er weg, als könnte es ihn verraten, wenn er zu lange auf den Monitor starrt.

Irgendwie fühlt er sich mitschuldig. Obwohl das doch Quatsch ist.

Der Gedanke beschäftigt ihn, bis er am Hermannplatz aussteigt.

Die Adresse, die sein Vater ihm vor zwei Stunden gesimst hat, ist leicht zu finden; eine Erdgeschosswohnung in einem hässlichen Fünfzigerjahre-Bau, an der Tür nur ein Klebestreifen, auf dem kaum leserlich der angegebene Name hingeschmiert ist: al-Assad.

Hieß so nicht dieser üble syrische Präsident?

Aber Blendi kann nicht länger darüber nachdenken, denn im nächsten Moment reißt sein Vater auch schon die Tür auf.

»Los, komm rein, *bir**«, sagt er und winkt ihn eilig herein, um die Tür hinter ihm zu schließen.

* Albanisch: Sohn.

Im Flur riecht es muffig, der Teppichboden ist abgetreten, und von der Decke hängt nur eine nackte Glühbirne, die kümmerliches Licht spendet.

Die Küche ist spärlich möbliert, mit billigen Stühlen und einem zerkratzten Kunststofftisch, auf dem nur eine leere Teetasse steht.

Blendi sieht sich um. Wer auch immer hier lebt, legt keinen Wert auf ein schönes Zuhause. »Wohnst du jetzt hier?«, fragt er.

Sein Vater reagiert nicht. »Hast du alles mitgebracht, was ich dir aufgetragen habe?«

Statt einer Antwort reicht Blendi ihm seine Papiere und die Kleidungsstücke, die er für ihn herausgesucht hat. Sein Vater runzelt die Stirn, dann wirft er die Klamotten achtlos auf den Tisch und blättert in den Papieren. Schließlich steckt er sie ein.

»Gut«, sagt er und sieht Blendi von oben herab an. »Und, geht es dir gut?«

Blendi zuckt mit den Schultern. »Ja, aber … also, Baba, Mama geht es nicht so gut. Wann kommst du wieder zurück?«

Sein Vater zuckt mit den Schultern und setzt sich an den Tisch. Mit den Fingerspritzen trommelt er auf der Tischplatte herum. »Mal sehen. Vielleicht gar nicht. Kommt darauf an.«

»Worauf denn?«, fragt Blendi vorsichtig und setzt sich ebenfalls hin. Der Tisch ist nicht richtig sauber, das sieht man. Genauer gesagt ist er so klebrig, dass Blendi seine Arme lieber nicht darauf aufstützt. Und so verschränkt er die Hände im Schoß.

Sein Vater beobachtet ihn. »Das geht dich nichts an, *biri im*. Kümmer du dich um deine Mutter, mehr will ich gar nicht von dir.«

»Aber, Baba …«

»Es geht dich nichts an!«, donnert sein Vater los. »Hast du nicht gehört?«

Blendi schluckt. Seine Ohren brennen. »Ja«, antwortet er schließlich leise. »Aber, Baba, ich finde das …«

»Wenn ich wissen will, wie du was findest, frage ich dich«, sagt sein Vater scharf.

Blendi nickt. Irgendwo in den Tiefen der Wohnung rumpelt etwas, dann ist ein weiteres Geräusch zu hören. Eine Wasserspülung.

Sein Vater schweigt. Blendi sitzt ihm stumm gegenüber. Dann nimmt er all seinen Mut zusammen. »Baba, hast du wirklich eine neue Frau?«, fragt er. »Hast du dich verliebt?«

Sein Vater sieht ihn erstaunt an, dann verzieht sich sein Gesicht, und er fängt an zu lachen. Er lacht so lange, dass ihm die Tränen in die Augen steigen, und er lacht immer noch, als Blendi schließlich seinen Rucksack nimmt und aufsteht.

»Okay, ich geh dann mal«, sagt er und wartet, ob sein Vater sich ebenfalls erhebt.

Aber das macht er nicht, sein Vater bleibt sitzen und lacht, und so geht Blendi mit geradem Rücken hinaus durch den schäbigen Flur zur Wohnungstür, wo er einen Moment wartet.

Und tatsächlich kommt sein Vater ihm hinterher. »Hier«, sagt er und drückt Blendi einen Zehneuroschein in die Hand, den Blendi erst nicht annehmen will. »Nun nimm schon!«, sagt sein Vater und reibt sich die Augen, und dann fängt er wieder an zu lachen, während er die Tür für Blendi öffnet.

Blendi geht hinaus, und auch als die Tür hinter ihm zugezogen wird, auch dann kann er das Lachen seines Vaters noch hören.

Muris

Im ersten Stock muss Muris eine defekte Glühbirne in der Personalküche auswechseln, das dauert nur ein paar Minuten. Danach stellt er Tische und Stühle für das Sommersingen am Nachmittag im Aufenthaltsraum auf. Dafür braucht er eine Weile, aber wieder einmal merkt er, dass ihm die Arbeit Spaß macht. Es ist eigentlich ganz schön, wenn alles vorbereitet und in Schuss ist und die alten Leutchen sich darüber freuen.

Vielleicht sollte er mal sehen, ob er einen Job als Hausmeister in so einer Einrichtung bekommen kann. Da haben auch Schulabbrecher und Ungelernte eine Chance, hat ihm Schröder, sein

Chef hier, neulich erklärt. »Ick hab selbst doch nur Mist jebaut, aber patent* bin ick. Und det müssen se sein, die Hausmeester: patent!« Dann hat er gegrinst und sich mit seiner *Bild-Zeitung* in sein Kabuff** verzogen.

Muris ist sich nicht sicher, ob Schröder wirklich so patent ist – er hat ihn noch nie selbst anpacken sehen –, aber delegieren*** kann er. Und faulenzen auch.

Und er ist sich auch nicht sicher, ob er selbst richtig patent ist. Eigentlich kann er nicht viel.

»Martin! Wie schön! Das sieht ja hübsch aus!«

Er fährt herum. Frau Rasche aus dem ersten Stock steht mit ihrem Rollator in der Tür und sieht sich neugierig um. »Ach, Martin, das ist fein! Das ist ja immer so schön, wenn du alles herrichtest!«

Muris wischt sich über die Stirn und nickt. »Klar. Kommen Sie denn heute auch zum Singen?«

»Aber ja, aber ja!« Sie nickt, und ihre Wasserwelle – das hat Muris gelernt, dass diese bläuliche Lockenfrisur da oben auf ihrem Kopf so genannt wird –, ihre Wasserwelle wackelt. »Vorher muss ich mich noch ein bisschen ausruhen, ich bin ja so erschöpft! Ich war einkaufen!«

Erst jetzt bemerkt Muris die prall gefüllte Einkaufstasche, die sie seitlich an ihren Rollator gehängt hat. Der Beutel zwischen den Haltegriffen ist bis oben hin gefüllt; offenbar hat Frau Rasche einen Großeinkauf gemacht. »Soll ich Ihnen kurz helfen?«, fragt er. »Also, beim Sachenreintragen?«

Frau Rasche macht große Augen. »Ach, das wäre ja … das wäre schön!«

»Kommen Sie«, sagt Muris, ist mit zwei Schritten bei ihr und nimmt die Tasche vom Rollator herunter. Sie ist schwer, mindestens drei Wasserflaschen liegen darin und dazu noch eine Melone. »Los, auf geht's!« Er hakt Frau Rasche unter, und mit einem glück-

---

* Umgangssprachlich: anständig, tüchtig.

** Kleiner, dunkler, meist fensterloser Abstellraum.

*** Jemandem eine Aufgabe übertragen.

lichen Lächeln auf den Lippen nickt sie ihm zu. Gemeinsam wandern sie den Gang hinunter zu ihrer Wohnungstür, wo Muris geduldig wartet, bis sie ihren Schlüssel in ihrer Handtasche gefunden hat.

Dann trägt er ihr die Einkäufe in die kleine Küche, stellt die Flaschen auf die Anrichte und legt die Melone in den Kühlschrank. Die ganze Zeit über redet Frau Rasche begeistert auf ihn ein, und als er schließlich alle Einkäufe nach ihren Anweisungen verstaut hat und sich zu ihr umdreht, hat sie ihr Portemonnaie in der Hand und kramt aufgeregt darin herum. Schließlich zieht sie ein Zweieurostück heraus.

»Hier, lieber Martin, ein kleines Dankeschön!«

»Nein, danke, Frau Rasche, das muss nicht sein.« Er winkt ab, aber Frau Rasche bleibt hartnäckig, sodass er schließlich die Münze nimmt und in die Hosentasche steckt.

Frau Rasche legt das geöffnete Portemonnaie auf den Tisch und runzelt die Stirn. »Martin, warte mal, ich glaube, ich habe noch etwas für dich …« Sie dreht sich um und geht in den Flur. Muris muss grinsen. Sein Blick fällt auf das Portemonnaie, und dann krampft sich etwas in ihm zusammen, als er die Geldscheine sieht, die in den Fächern stecken. Das müssen mindestens sechs, sieben Fünfziger sein, dazu einige Zwanziger und Zehner.

Nein. Das geht gar nicht.

Der Flur ist leer, von Frau Rasche ist nichts zu sehen. Er hört sie aber irgendwo leise rascheln und vor sich hin sprechen.

Muris schließt die Augen und öffnet sie wieder. Sechs oder sieben Fünfziger.

Er zählt bis drei. Dann bis zehn.

Und dann beugt er sich vor und zieht mit gekonntem Griff zwei Fünfziger aus dem Scheinfach. Ein paar weitere Geldscheine kommen mit heraus, die er wieder zurückschiebt. Mit einer gleitenden Bewegung steckt er sich die beiden Scheine in die hintere Hosentasche und geht zur Tür.

»Martin, hier!« Frau Rasche kommt auf ihn zu, in der Hand einen silbernen Flaschenöffner, den sie ihm mit einem glücklichen

Lächeln entgegenstreckt. »Der hat mal meinem verstorbenen Mann gehört, ich dachte, der würde dir gefallen. So ein junger Mann wie du kann so was sicher gut gebrauchen, nicht wahr?«

Muris spürt, wie sein Lächeln etwas schief gerät. Er sieht auf den Flaschenöffner, dann in Frau Rasches erwartungsvolles Gesicht, dann wieder auf den Flaschenöffner in ihrer Hand. Schließlich nickt er. »Ja, danke, Frau Rasche, das ist aber nett!« Vorsichtig nimmt er den Öffner aus ihrer Hand und nickt ihr zu. »Vielen Dank! Dann ... also, viel Spaß heute Nachmittag beim Singen!« Er öffnet die Tür hinter ihr und geht hinaus.

»Auf Wiedersehen, Martin!«, ruft Frau Rasche fröhlich, als sie die Tür hinter ihm schließt.

Muris atmet tief durch, dann geht er weiter.

Merkt sie doch sowieso nicht. Und für ihn ist es die halbe Miete. Noch hundert, dann ist er den Stress endlich los. Dann kann Yasin ihn mal.

»Guten Tag!« Eine alte Dame, die er nicht mit Namen kennt, nickt ihm zu, und Muris grüßt zurück. Dann stockt ihm der Atem.

Direkt vor ihm sieht er das Mädchen. Das niedliche Mädchen, mit seiner Oma. Sie gehen nebeneinander, mit langsamen Schritten. Und es gibt keine Möglichkeit mehr auszuweichen. Sie kommen direkt auf ihn zu.

Wieso ausgerechnet jetzt? Jetzt, wo er sich echt mies fühlt?

»Hallo, junger Mann!« Ihre Oma lächelt ihn an, und er nickt, während sein Blick verlegen zu dem Mädchen wandert.

Sie sieht blass aus, ein bisschen angespannt, aber ihr Lächeln geht ihm direkt bis in den Magen.

Er lächelt zurück und sieht dann zu Boden, während er vorbeiläuft. Ihren Blick spürt er genau, einen forschenden, kritischen Blick.

Als wenn sie wüsste, was er gerade getan hat.

Muris geht weiter und biegt an der nächsten Ecke ab. Ein Stück weiter steht ein Mülleimer, und im Vorbeigehen lässt er den Flaschenöffner hineinfallen.

Da ist er besser aufgehoben.

Mascha

Mascha ist keine fünf Minuten zu Hause, als ihre Mutter ohne anzuklopfen in ihr Zimmer gerauscht kommt.

»Mascha! Eben hat die Schule angerufen. Was hast du dir denn dabei gedacht?«

Mascha liegt auf ihrem Bett und tippt in ihr Handy. Lässig zuckt sie mit den Schultern.

»Mascha! Du warst drei Tage nicht in der Schule, unentschuldigt! Wie stellst du dir das vor?« Ihre Mutter steht im Türrahmen, die Hände in die Hüften gestützt.

»Hä? Wie soll ich mir was vorstellen?« Mit dem Tonfall könnte Mascha in einer Show auftreten, findet sie. Total gelangweilt. Obercool.

Ihre Mutter seufzt und tritt näher, die Hände immer noch in die Hüften gestemmt. »Mascha, das geht so nicht. Du kannst nicht einfach unentschuldigt fehlen! Und dann noch drei Tage. Überlegst du gar nicht, in was für eine Situation du mich damit bringst?«

»Dich? Wieso dich?« Typisch ihre Mutter! Immer denkt sie zuerst an sich. Immer fühlt sie sich gleich als Opfer.

»Mann, das kotzt mich an!« Mascha schmeißt ihr Handy neben sich, schwingt die Beine über die Bettkante und setzt sich aufrecht hin. »Du, du, du! Was hast du eigentlich für ein Problem?«

Ihre Mutter sieht schockiert aus. Aber zumindest nimmt sie endlich mal die Hände aus der Hüfte. »Mascha! Wie redest du denn mit mir?«

»Na, immerhin rede ich mit dir, ganz im Gegensatz zu dir!« Jetzt wirkt ihre Mutter betroffen. Und Mascha ist sich sicher, dass in ihrem geschminkten Gesicht auch der Hauch von einem schlechten Gewissen zu erkennen ist.

»Mensch, Mama, du interessiert dich doch sonst auch nicht für mich. Dir ist noch nicht mal aufgefallen, dass ich nicht zur Schule gegangen bin. Wahrscheinlich könnte ich tot im Bett liegen, das würdest du auch nicht mitkriegen!« Natürlich weiß Mascha, dass das Unsinn ist, aber irgendwie tut es einfach gut, ihre Mutter so anzufahren. Geschieht ihr ganz recht! »Du bist doch eh nur mit deinem neuen Macker beschäftigt. Entweder bist du mit ihm unterwegs, und wenn nicht, dann guckst du ständig auf dein Handy, ob er dir geschrieben hat. Ich weiß gar nicht, was das heimliche Getue soll – sonst hast du deine Kerle doch auch hierher mitgebracht, warum versteckst du den denn jetzt? Hat der einen Klumpfuß, oder was?«

»Nein, natürlich nicht! Aber … ich dachte, du hast das nicht so gern, bei Ali warst du immer total schlecht gelaunt, wenn er hier war«, verteidigt sich ihre Mutter. »Ich tue das doch nur für dich!«

Mascha kneift die Lippen zusammen. Jetzt geht es schon wieder los – ihre Mutter, das arme Opfer! »Ach, Mama, du tust doch alles nur für dich, hör auf, dir in die Tasche zu lügen«, sagt sie müde.

Ihre Mutter starrt sie verletzt an, dann lässt sie sich neben Mascha aufs Bett sinken und verschränkt die Hände im Schoß. Ja, klar, den Arm um Mascha legen oder so, das würde ihr wahrscheinlich im Traum nicht einfallen!

»Mascha«, sagt ihre Mutter mit erstickter Stimme. »Sei doch nicht so gemein zu mir.«

Mascha seufzt. »Schon gut, Mama. Und mach dir keine Gedanken. Morgen geh ich wieder hin. Morgen gibt es Zeugnisse.«

»Ist morgen schon der letzte Schultag?«, fragt ihre Mutter, und allein dafür könnte Mascha sie schon wieder hassen.

»Allerdings.«

»Oje, da müssen wir überhaupt mal überlegen, was du in den Ferien machst!«

Mascha winkt ab. »Ach, schon gut, ich komm klar.«

»Ich habe ja in der letzten Augustwoche frei, und die erste Septemberwoche auch, da könnten wir vielleicht irgendwohin fahren«, überlegt ihre Mutter. »Ans Meer vielleicht?«

Mascha zuckt mit den Schultern. Ihre Mutter arbeitet bei der Post, im Schichtdienst. In der ersten Septemberwoche ist sowieso wieder Schule, aber das hat ihre Mutter natürlich nicht auf dem Schirm. »Meinetwegen. Aber ist ja noch lange hin.«

»Hast du denn sonst was vor?«

Mascha sieht ihre Mutter von der Seite an. Bis vor zwei, drei Jahren hat ihre Mutter sich immer schon ewig vorher Gedanken gemacht, wie sie Mascha in den Ferien wegorganisieren konnte. Aber in den letzten Jahren war das kein Thema mehr. Mascha kommt schon klar, so ist das. Eigentlich könnte sie auch allein wohnen oder in einer WG. Im Grunde … im Grunde ist sie gar keine Tochter mehr, sondern eine Mitbewohnerin. Ohne Kohle allerdings.

Na ja. Noch zwei Jahre, dann ist sie achtzehn und hat ihr Abi. Vielleicht geht dann ja was.

Es piept, und Maschas Mutter zieht ihr Handy heraus. Einen Moment lang studiert sie das Display, dann beginnt sie zu tippen.

Mascha schließt die Augen und öffnet sie wieder. Ihre Mutter sitzt leicht nach vorn gebeugt neben ihr. Ein weiches Lächeln ist auf ihren Lippen erschienen, und sie tippt weiter angestrengt in ihr Handy.

Mascha betrachtet ihre Mutter einen Moment lang, dann schüttelt sie den Kopf. Ihre Mutter geht ihr total auf den Senkel.

»So«, sagt ihre Mutter. »Fertig!« Sie steckt das Handy wieder ein und sieht Mascha an. »Mascha, mein Mäuschen«, sagt sie. »Sei doch nicht immer so böse auf mich! Ich tu dir doch gar nichts!«

Das ist es ja. Klar tut sie ihr nichts. Aber sie tut auch nichts *für* sie. »Nee, schon okay.«

»Also, ich schreib dir dann eine Entschuldigung für die drei Tage.« Ihre Mutter überlegt, dann holt sie tief Luft. »Und wenn du meinst, dann lad ich Nenad auch mal hierher ein. Dann könnt ihr euch mal richtig kennenlernen. Gut?« Sie wirkt richtig erleichtert.

Mascha zuckt mit den Schultern und lässt sich rücklings aufs Bett fallen. Dann verschränkt sie die Arme hinter dem Kopf. Sie spürt, dass ihre Mutter sie beobachtet.

»Nachher koch ich uns Nudeln, ja?«, sagt sie und geht hinaus.

Mascha starrt so lange an die Decke, bis ihr die Tränen kommen.

Ihre Mutter hat noch nicht mal gefragt, warum sie nicht in die Schule gegangen ist. Und nach Lion schon gar nicht.

Irgendwie ist ihre Mutter einfach woanders unterwegs.

Muris

An der Ecke steht Ferhat und winkt ihm mit einer Tüte in der Hand zu. Aber zwischen Muris und der Ecke steht eben auch Gürkan. Groß, breit, in einem ärmellosen weißen Shirt, das seine muskelbepackten Oberarme bestens zur Geltung bringt. Er guckt in die andere Richtung, aber trotzdem.

Muris holt tief Luft, dann setzt er sich in Bewegung, in einen lockeren Trab. Die Stufen runter, an den Mülltonnen vorbei, über den Gehweg, an der großen Birke vorbei …

»He, Kleiner!« Gürkan hat sich umgedreht und sieht ihm entgegen, mit hochgezogenen Brauen, ein Haifischgrinsen im Gesicht. »Na, hast du was für uns?«

»Morgen«, sagt Muris knapp und trabt weiter.

Aber natürlich kommt er nicht ungeschoren vorbei. Wie eine Schraubzwinge klemmt sich Gürkans Pranke um seinen Unterarm, und Muris muss sich auf die Lippen beißen, um nicht aufzuschreien. Notgedrungen bleibt er stehen. »Lass mich los«, sagt er gepresst. Er spürt, dass Ferhat sie beobachtet; er muss tapfer sein, Haltung bewahren. »Lass mich los!«, wiederholt er und zwingt sich, Gürkan in die Augen zu sehen. »Mit Yasin hab ich das Ding zu regeln, nicht mit dir. Und Yasin hat morgen gesagt. Donnerstag. Klar?«

Gürkans Blick flackert, dann lässt er tatsächlich Muris' Arm los und spuckt auf den Boden. »Ja, Mann«, sagt er. »Also, bis morgen. Mit hundert Prozent Zinsen, klar?«

Muris läuft weiter und widersteht dem Drang, seinen Arm zu reiben. Stattdessen versucht er zu pfeifen, was ihm halbwegs gelingt. Und bis er bei Ferhat angekommen ist, schafft er auch ein Grinsen. »Hi, Alter!«

»Hi!« Ferhat klatscht ihn mit einer Hand ab, mit der anderen hält er ihm die Tüte hin. »Hier, Geschenk des Hauses.«

»Für mich?« Muris nimmt ihm die Tüte ab und schaut hinein. Dann holt er ein Paar nagelneue Basketballstiefel von Adidas heraus, schneeweiß, in seiner Größe. »Wow, perfekt! Wie kommst du denn da ran?«

»Hab ich eben organisiert«, sagt Ferhat und schlägt ihm auf den Rücken, ein bisschen zu heftig, wie immer. »Wenn ein Bruder mich bittet, helf ich doch gern!«

»Danke. Hast was gut bei mir«, sagt Muris und läuft los.

»Willste sie nicht testen?«

»Gleich.« Erst mal weg von Gürkan, dem Arschloch. Komisch, dass er Gürkan noch mehr hasst als Yasin.

Obwohl, Yasin hasst er eigentlich gar nicht, jahrelang hat er ihn sogar ein bisschen verehrt: der coole Freund seines großen Bruders, Yasin, der Macher, der King. Hätte er sich mal bloß rausgehalten aus Yasins Geschäften. Er sieht seinen skeptischen Blick immer noch vor sich, dann das Glitzern in seinen Augen, als er ihm den kleinen Packen in die Hand drückt: *Okay, Bruda, für hundert erst mal. In drei Tagen seh ich das Geld, dann kriegst du fünfzig drauf.*

Aber das hatte eben nicht geklappt. Ganz und gar nicht. Und bis Adnan die Sache spitzgekriegt* hatte, war alles schon den Bach runtergegangen.

Bist du bescheuert, Muris? Hab ich dir nicht gesagt, du sollst dich da raushalten? Jetzt sieh zu, wie du klarkommst. Aber ordentlich! Ich jedenfalls helf dir nicht.

»Muris? He, Alter, was ist denn los mit dir?« Ferhat blickt ihn von der Seite an.

* Umgangssprachlich: herausgefunden.

Muris zuckt mit den Schultern und lässt sich auf die nächstbeste Bank fallen. Er braucht seine Schuhe nicht aufzuschnüren, so locker sitzen sie. Schnell schlüpft er aus ihnen hinaus, in die neuen Stiefel hinein und knotet sie zu. Sitzen perfekt! »Krass«, sagt er und steckt die Nikes in die Tüte, um sie mit einem gezielten Wurf in die Mülltonne neben sich zu befördern. »Tausend Dank, Kumpel, echt!«

»Nichts zu danken«, sagt Ferhat, beugt sich vor, verschränkt die Hände zwischen den Beinen und sieht Muris von unten herauf an. »Du bist komisch drauf in letzter Zeit«, sagt er. »Und was hast du eigentlich mit Yasin und Gürkan am Laufen?«

Am liebsten würde Muris seinem Freund die ganze Geschichte erzählen, mit Yasin und dem Paket und was damit passiert ist und wie es dann dazu kam, dass er zur Tankstelle …

»He, Bruda! He, ihr alten Säcke!«

Ambr strahlt sein schneeweißes Lächeln, und Hassan klatscht erst Ferhat ab und dann Muris. Sein Blick fällt auf Muris' Haare, dann grinst er breit.

»Muris, du Schwuchtel, wie siehst du denn aus?« Er lässt sich neben Muris fallen und rempelt ihn mit der Schulter unsanft an. »Wo treibst du dich denn rum die ganze Zeit, ey? Man kriegt dich ja gar nicht mehr zu Gesicht! Aber jetzt machen wir einen drauf, wa?«

»Und wie!« Ambr klatscht sich mit der Faust in die geöffnete Hand.

»Hä, wie jetzt?«, fragt Muris.

»Na, die Demo ein bisschen aufmischen, Mann«, sagt Hassan mit einem breiten Grinsen. »Stress machen!«

»Genau!« Ambr deutet ein paar Haken an und hüpft von einem Bein aufs andere. »Bum, bum, peng!« Er stößt die Faust in die Luft und gleichzeitig einen wilden Schrei aus. Zwei junge Mädchen, die gerade an ihnen vorübergehen, zucken zusammen und gehen dann schneller. Ambr schickt ihnen ein Affengeheul hinterher.

»Mensch, Ambr, du spinnst!« Ferhat schlägt die Beine übereinander. »Was willst du denn da? Das ist 'ne Schülerdemo.«

»Ja und, Mann? Weiß ich selbst. Aber trotzdem! Da können wir doch ein bisschen Spaß haben!« Ambr spuckt auf den Boden und tänzelt herum.

»Mensch, die Juden sind Kindermörder!«, pflichtet Hassan ihm seelenruhig bei. »Schmeißen Bomben auf unseren Nachwuchs!«*

»Na, auf deinen nicht gerade«, sagt Murat trocken. »Deine Sippschaft sitzt doch komplett im Libanon. Oder hier!«

»Ja, na und? Trotzdem!« Hassan schlägt ihm erneut auf den Rücken. Für einen Moment möchte Muris zurückschlagen, ihm einen tüchtigen Faustschlag versetzen. Aber dann beißt er sich nur auf die Lippen und zuckt mit den Schultern. Natürlich weiß er, dass Hassan und Ambr es nicht wirklich ernst meinen.

Aber ein bisschen eben doch.

»Na, dann los!«, sagt Hassan und springt auf. »Kommt, Leute!«

Ambr schlägt einen erneuten Haken in die Luft und zeigt seinen Bizeps. Ferhat steht langsam auf, die Hände in den Hosentaschen.

Muris bleibt sitzen. »Ohne mich«, sagt er. »Ich komm nicht mit.«

»Hä, du kommst nicht mit? Wieso das denn nicht?«, fragt Hassan.

Muris zuckt mit den Schultern. »Keinen Bock«, sagt er und rutscht ein bisschen tiefer auf der Bank.

Seine drei Freunde stehen vor ihm und starren ihn an, Ambr ungläubig, Hassan wütend, Ferhat nachdenklich.

»Und warum nicht?«, fragt Ferhat schließlich.

»Keinen Bock. Ich geh nicht zu so einer verpissten Schülerdemo, echt nicht«, sagt Muris. »Ist mir zu doof.«

Einen Moment lang herrscht Schweigen, dann tritt Hassan plötzlich mit Wucht gegen die Bank, genau neben Muris' Ober-

* Anspielung auf den Konflikt des jüdischen Staates Israel mit den arabischen Palästinensern.

schenkel. »Mann, du Memme*, mit dir ist aber auch gar nichts mehr los!«, sagt er und spuckt auf den Boden, bevor er sich wegdreht. »Komm, Ambr!«

Ambr wirft Muris einen verunsicherten Blick zu, dann folgt er Hassan. Ferhat bleibt noch einen Moment stehen.

»Mensch, Muris, komm doch mit«, sagt er ruhig. »Einfach so.«

Muris schüttelt den Kopf. Er kann Ferhat nicht in die Augen sehen, und so blickt er geradeaus an ihm vorbei, nach vorn, zur Straße.

Für einen Moment hofft Muris, dass Ferhat sich einfach wieder hinsetzt. Aber das macht er nicht. Stattdessen steht er noch einen Moment da, dann setzt er sich wortlos in Bewegung.

Als Muris aufsieht, sind alle drei schon hinter der nächsten Ecke verschwunden.

Blendi

Mit so vielen Leuten hat er nicht gerechnet, absolut nicht. Der ganze Schulhof an der Boelckestraße ist voller Leute, die sich angeregt unterhalten. In einer Ecke rollen drei Jungs ein Spruchband aus, und eine Gruppe von älteren Schülern hält selbst gebastelte Plakate hoch, die auf Hartpappe geklebt und an Latten genagelt sind. Blendi muss sich strecken, um über die Köpfe der Jugendlichen hinweg lesen zu können, was darauf steht:

Respekt für alle
Kein Platz für Judenhass
Keine Gewalt

»He, Blendi!« Medine und Laura drücken sich an ihm vorbei, gefolgt von Joshua, der ihm kurz zunickt.

»Kommst du mit?«, fragt Laura und sieht sich unruhig um.

»Wohin?«

* Feigling.

»Na, zu den anderen!« Medine und Joshua sind schon weitergegangen, und Blendi schließt sich ihnen an. Dicht hinter Laura bahnt er sich einen Weg durch die Menge ans andere Ende des Platzes, wo Mumi und Azad aus seiner Klasse ein Stoffbanner in die Luft halten. *»Berlin: dar alahd!«,* steht in leicht schief gemalten Lettern darauf.

»Und was heißt das?«, fragt Blendi Joshua, der direkt neben ihm steht.

Joshua runzelt die Stirn. »Hä, wer ist denn hier der Muslim? Ich doch nicht! Du bist doch Muslim, oder nicht?«

Blendi zuckt mit den Schultern. »Eigentlich bin ich gar nichts«, sagt er lahm. Blendis Familie stammt aus dem Kosovo, sie sind Muslime. Der Glaube allerdings hat in ihrem Leben keine Bedeutung, oder nur ganz am Rande. Klar, die wichtigsten Feste, das Zuckerfest oder Beginn und Ende des Ramadan, feiern sie auch. Aber sonst – Blendi hat seine Eltern weder beten noch in die Moschee gehen sehen. Sie sind westlich orientiert. Auch wenn sie die albanische Kultur durchaus pflegen, doch das hat mit Heimat und Traditionen zu tun, nicht mit Glauben und Religion. »Aber was heißt das denn jetzt, dieses *dar al-ahd*?«

»Weiß ich auch nicht«, sagt Joshua und folgt Medine, die auf einen Pulk Mädchen direkt hinter Mumi zusteuert, zu dem auch Nina, Tabea und ein paar andere Mädchen gehören.

Blendi wendet den Blick ab und betrachtet eine Gruppe von älteren Schülern, die bestimmt schon achtzehn sind. Von seiner Schule sieht er nur wenige, kein Wunder bei der Masse an Leuten. Offenbar haben sich viele Schulen dem Aufruf angeschlossen.

Er wagt wieder einen kurzen Blick zu Nina hinüber. Sie sieht absolut süß aus, mit ihren langen blonden Haaren, der Stupsnase und den blauen Augen. Plötzlich schlägt ihm jemand mit Wucht auf die Schulter.

»He, Blendi, du Loser, du weißt nicht, was das Banner bedeuten soll?« Mumi deutet mit dem Daumen nach hinten und sieht ihn mit halb geschlossenen Augen an, das Kinn leicht erhoben. »Nicht zu fassen, ey. Was ist bloß los mit euch?«

Wen auch immer er mit »euch« meint. Blendi zuckt mit den Schultern und wirft einen raschen Blick zu Nina, aber die sieht natürlich nicht zu ihm hin.

»Okay, Onkel Mumi erklärt dir mal die Sachlage.« Mumi bläst sich eine Locke aus der Stirn. »Also: Von der Ulama hast du doch schon mal gehört oder?«

Blendi schüttelt den Kopf.

»Das gibt es doch gar nicht! Also, die Ulama ist die Gemeinschaft der islamischen Gelehrten. Und die haben vor tausend Jahren … also nee, vor fünfzig oder so …«, Mumi lacht und tippt sich an die Stirn, »… jedenfalls, da haben sie beschlossen, dass es *Gebiete des Übereinkommens* geben soll, in dem die Muslime ganz friedlich und ohne jeden Stress ihrem Glauben nachgehen können und dabei auf gar keinen Fall selber Stress machen dürfen. Will heißen, im Ausland, in Ländern, in denen sie halt leben. Wie Deutschland!«

»Ja, okay«, sagt Blendi und kratzt sich im Nacken. »Und was hat das jetzt mit dem Banner zu tun?«

Mumi rollt mit den Augen. »Mann, bist du immer so schwer von Begriff? *Dar al-ahd* heißt *das Gebiet des Übereinkommens*, Mensch!« Er schüttelt den Kopf, dann dreht er sich um. »Oh, es geht los!«

Und tatsächlich, der Demonstrationszug setzt sich in Bewegung. An der rechten Ecke des Schulhofs formieren sich die Demonstranten zu einer Spitze, an der ein großes Banner hochgehalten wird: *Keine Gewalt!* steht in leuchtend roten Lettern darauf. Mindestens fünf oder sechs Typen halten es hoch, und dahinter versammeln sich die anderen Schülerinnen und Schüler. Es herrscht eine aufgeregte, fast heitere Stimmung, überall wird gelacht, gepfiffen und gewunken. Eigentlich komisch, denkt Blendi. Er hatte erwartet, dass es ernster zugehen würde. Irgendwie gedämpfter. Immerhin geht es doch um eine sehr ernste Sache.

»He, Blendi!« Plötzlich hakt sich jemand bei ihm ein. Blendi wird schlagartig rot, als er Tabea erkennt, die ihn fröhlich von der

Seite anlacht. »Find ich ja gut, dass du dabei bist!«, sagt sie und zieht ihn vorwärts, mitten in die Menge. Vorn wird bereits die erste Parole skandiert: »Keine Gewalt! Keine Gewalt!«

Und es dauert nur ein paar Sekunden, bis alle um Blendi und Tabea herum mit einfallen. Auch Tabea ruft mit, und als Blendi sich vorsichtig umsieht, erkennt er, dass Nina, Medine, Mumi und die anderen aus ihrer Klasse direkt hinter ihnen gehen. Joshua ist auch dabei, neben ihm geht ein drei oder vier Jahre jüngerer Typ, der ihm extrem ähnlich sieht, nur dass er blond und nicht dunkelhaarig ist wie Joshua. Bestimmt sein kleiner Bruder.

Tabeas Arm ist warm; ungewohnt fühlt sich das an, aber Blendi lässt sich einfach mitziehen. Etwas anderes bleibt ihm auch gar nicht übrig, denn der Demonstrationszug rückt so dicht zusammen, dass gar kein Durchkommen mehr ist.

»Keine Gewalt!«, ruft Tabea neben ihm und drückt seinen Arm. »Los, mach mal mit, Blendi!«

Hinter ihnen heben Mumi und Azad das Banner höher. Auch sie rufen laut »Keine Gewalt!«. Dann stimmt auch Blendi ein, erst leise, dann immer lauter.

Tabea lächelt ihn an, und plötzlich fühlt Blendi sich richtig gut. Mit ihr und den anderen aus seiner Klasse. Fast ein bisschen schade, dass die gemeinsame Schulzeit ab morgen vorbei ist.

Der Zug biegt um die Ecke, und jetzt geht es die große Straße entlang in Richtung Polizeipräsidium. Daneben ist ja schon die Tankstelle, wo eine Abschlusskundgebung* geplant ist, wie Tabea Blendi jetzt ins Ohr ruft. Ihr Atem kitzelt, und als sie ihn fragend ansieht, fallen ihm ihre sehr blauen Augen auf. Ihr Lächeln ist auch süß. Komisch, dass ihm das noch nie aufgefallen ist.

»Wir wollen keine Gewalt!« Die Stimme, die das ruft, ist sehr laut, und als Blendi sich reckt, entdeckt er einen Jungen aus seiner Parallelklasse, der sich ein Megafon vor den Mund hält. »Dies ist unsere Stadt! Wir distanzieren uns von jeder Form von Gewalt! Frieden und Gewaltlosigkeit für alle!«

---

* Reden zum Abschluss einer Demonstration.

Einige johlen laut, andere klatschen und pfeifen. Plötzlich entdeckt Blendi eine Reihe von uniformierten Polizisten, die den Zug mit wohlwollenden Gesichtern begleiten.

»Da sind ja lauter Bullen!«, sagt er überrascht. »Was wollen die denn hier?«

»Na, die beschützen uns«, erklärt Tabea und lächelt ihn von der Seite an. »Ist doch klar bei einer angemeldeten Demo!«

Im selben Moment wird es plötzlich laut vor ihnen.

»Verpisst euch!«, schreit jemand, und dann sieht Blendi ein paar Jungs aus dem Demonstrationszug die Fäuste heben.

»Meinen die die Bullen?«, fragt er irritiert.

»Nee, oder?« Tabea schirmt die Augen mit der Hand ab und blickt hinüber.

»Haut ab, ihr Scheißer!«, ruft jemand, und ein Pfeifkonzert geht los.

»Was ist denn da los?«, fragt Joshua, der mit seinem Bruder zu ihnen aufgeschlossen ist. »Ach, guck dir die Idioten an!«

Jetzt hat Blendi sie auch entdeckt: drei dunkelhaarige Jungs, die auf einem Blumenkübel am Straßenrand stehen und den Demonstranten provozierend die Stinkefinger zeigen.

»Ihr Schisser! Angsthasen!«, schreit einer von ihnen, ein kleiner Hellhäutiger, und lacht johlend, während sein bärtiger Kumpel ein Affengeheul anstimmt. Der Dritte steht ruhig da und taxiert* die Vorbeilaufenden, und sein eisiger Blick macht Blendi eine Gänsehaut.

An seiner Seite versucht Tabea, die Störenfriede auszumachen. »Was ist denn da los?«

»Juden sind Kindermörder!«, schreit der Bärtige und klatscht sich in die Faust. »Juden eins aufs Maul!«

»He, ihr kriegt gleich selbst eins aufs Maul!«, brüllt Mumi wütend, und ein paar andere aus dem Zug stimmen mit ein.

Aber ein Mädchen ruft laut: »Keine Gewalt!«

* Kritisch betrachten.

Und einen Moment später schieben sich ein paar Polizisten zwischen den Zug und die drei Jungen auf dem Kübel und winken die Demonstranten weiter.

Ein anderer Polizist sorgt dafür, dass die drei von dem Kübel herunterkommen. Blendi sieht, wie der Polizist kurz mit ihnen spricht, bevor die drei achselzuckend weggehen.

»Arschlöcher!«, sagt Mumi zwischen zusammengebissenen Zähnen hindurch.

Blendi ist erleichtert. Er hat die drei sofort wiedererkannt. Man sieht sich immer zweimal – aber heute Morgen in der U-Bahn hätte ihm eigentlich gereicht.

»Was für Idioten!«, sagt Joshua und spuckt auf den Boden. »Solche Typen, echt, was wollen die eigentlich hier? Machen doch sowieso nur Scheiß!«

»Genau so einer hat mir gestern meine nagelneuen Nikes abgezockt«, sagt Joshuas Bruder, während sie weitergehen. »Einfach mal eben so, echt krass.« In seiner kratzigen Stimme klingt immer noch die Angst durch, die er gehabt hat.

Joshua nickt finster. »Echt übel, diese Typen. Was haben die bloß in der Birne?«

»Na ja, wahrscheinlich nicht allzu viel«, sagt Mumi. »Mensch, da sind wir ja schon!«

Der Demonstrationszug hat die Tankstelle erreicht, die von den Polizisten in einem lockeren Halbkreis umstellt ist. Autos sind keine zu sehen, und langsam verteilt sich die Menge auf dem Platz vor der Tankstelle. Einige Mädchen haben Blumen dabei, ein richtiges Blumenmeer liegt inzwischen dort.

»Sieht aus, als ob dort jemand gestorben ist«, sagt Tabea neben Blendi. Sie hat sich immer noch bei ihm eingehakt, und als Blendi sich umsieht, entdeckt er, dass Nina das offenbar aufgefallen ist. Sie sieht mit leicht zusammengekniffenen Augen von Tabea und zu Blendi, dann wendet sie sich ab und redet leise mit Medine, die dann auch zu ihnen herübersieht.

»Und wer hält jetzt die Abschlussrede, oder was?«, fragt Mumi.

»Einer von der Schule von dem, der jetzt im Koma liegt«, sagt Medine.

Ein Fiepen ertönt, dann ist eine Mädchenstimme zu hören, ein bisschen zu laut und leicht übersteuert*. »Wir haben uns hier versammelt, weil wir nicht einfach so hinnehmen wollen, was mit Lion passiert ist!«, ruft sie. »Wir lassen nicht zu, dass Gewalt einfach so geduldet wird!«

Applaus ertönt, dazu Johlen und Pfeifen. Jetzt hat Blendi auch entdeckt, woher die Stimme kommt: Direkt vor dem Eingang steht ein Mädchen mit Megafon auf einer umgedrehten Bierkiste. Sie sieht sehr aufgeregt aus, und irgendwie auch begeistert. »Lion liegt seit vier Tagen im Koma, weil irgendein Typ einfach mal Lust auf Stress hatte. Und das finden wir zum Kotzen!«

Jetzt wird noch lauter geklatscht. Das Mädchen lächelt und hebt das Megafon wieder vor den Mund. »Lion hatte einfach Pech. Aber wir wollen nicht, dass immer wieder Leute Pech haben, weil sie zufällig zur falschen Zeit am falschen Ort sind. Wir wollen keine sinnlose Gewalt mehr, nicht in dieser Stadt, nicht in diesem Land, überhaupt gar nicht!«

Erneutes Johlen und Pfeifen. Blendi erschrickt, als Mumi neben ihm zwei Finger in den Mund steckt und durchdringend pfeift. Tabea zuckt zusammen und klammert sich für einen Moment an ihn, dann lässt sie ihn schnell los.

»'tschuldigung«, sagt sie, und Blendi hebt die Schultern und lässt sie wieder fallen.

»Macht nichts«, sagt er. Sie lächelt ihn an, und er lächelt zurück. Schade, dass sie ihn nicht mehr eingehakt hat.

Plötzlich tippt ihn jemand auf die Schulter, und er dreht sich um. Zwei Mädchen, die er noch nie gesehen hat, stehen vor ihm. »Sag mal, bist du nicht der Typ, der auch dabei war?«, fragt die größere von beiden. »Ich hab dich im Kanal 8 gesehen. Stimmt doch, oder?«

---

* Von Störgeräuschen begleitet, weil das Mikrofon falsch eingestellt ist.

Blendi erstarrt. Alle sehen ihn an, Mumi, Tabea, Nina, Joshua, sein Bruder, alle, die um ihn herumstehen.

»Stimmt doch, oder?«, fragt das Mädchen noch mal. Sie sieht neugierig aus, neugierig und auch ein bisschen triumphierend, und ihre Freundin neben ihr grinst aufgeregt.

»Äh«, sagt Blendi. »Ja, das … ja, das stimmt.«

»Siehst du, hab ich doch recht gehabt!« Die Größere nickt begeistert und stößt ihre Freundin in die Seite. »Wusst ich's doch! Mascha, he, Mascha!« Sie dreht sich um, und ihre Freundin und sie treten leicht auseinander. In der Lücke zwischen ihnen sieht Blendi ein weiteres Mädchen stehen, das jetzt kommt, und für einen Moment bekommt er keine Luft.

Die Freundin vom Hüpfer. Das Mädchen, das so dermaßen ausgerastet ist, dass er alle Kraft brauchte, um sie vom Ersthelfer wegzuziehen.

»Mascha, guck mal, das ist der Typ aus dem Fernsehen!« Die Stimme der Größeren kiekst fast vor Aufregung. »Komm doch mal!«

»Ey, Alter«, sagt Mumi neben Blendi. Blendi hat das Gefühl, dass seine Klassenkameraden alle einen Schritt von ihm weggetreten sind. Außer Tabea, die dicht neben ihm stehen geblieben ist.

»Wieso Fernsehen?«, fragt Joshua und zieht sein Handy heraus. »Was hab ich denn da verpasst? Unser guter alter Blendi im Fernsehen?«

»Kanal 8, am Dienstagabend. Da hat er ein Interview gegeben«, sagt die Größere und nickt triumphierend. »Uns wollten sie auch interviewen, wir waren nämlich auch gerade hier.«

Die Freundin vom Hüpfer kommt noch näher. Auch sie starrt Blendi an, wie alle anderen um ihn herum. Aber in ihrem Blick liegt etwas, das er nicht deuten kann. Misstrauen? Angst? Ablehnung?

Vielleicht alles zusammen?

»Mascha, das ist der Typ!«, ruft die Große erneut, und jetzt schüttelt die Freundin vom Hüpfer den Kopf.

»Ja, ist schon klar, Mia, Mensch, krieg dich doch wieder ein.« Sie bleibt dicht vor Blendi stehen. »Hi«, sagt sie ruhig.

»Äh, ja, hi«, sagt Blendi. Er weiß nicht, wohin mit seinen Händen. Im Nacken hat er zu schwitzen begonnen, ein Tropfen läuft ihm gerade die Wirbelsäule hinunter.

Mascha heißt sie also. Ihre Augen sind sehr dunkel, aber vielleicht liegt es auch am Licht. Die Sonne hat sich seit Beginn der Demo hinter ein Wolkenband zurückgezogen. Mascha sieht ihn nachdenklich an.

»Sag mal«, beginnt sie. Dann verstummt sie kurz und scheint zu überlegen. »Das Phantombild hast du doch gesehen, oder – sah der so aus?«

Blendi nickt. »Ja, fast. Also ziemlich so.«

Vorn an der Eingangstür hat jetzt ein langhaariger Junge das Mädchen mit dem Megafon abgelöst und hält eine längere Rede. Aber die Aufmerksamkeit derjenigen, die in Blendis Nähe stehen, gilt jetzt Mascha und ihm. Aus dem Augenwinkel bemerkt Blendi, dass Joshua seinem Bruder und Mumi etwas auf dem Handy zeigt, aber das interessiert ihn jetzt nicht. Da ist etwas in Maschas Blick, das ihn dazu bringt, seinen Rucksack abzunehmen und sein Skizzenbuch herauszuziehen.

»Hier«, sagt er, schlägt es auf und hält es Mascha hin. Sie wirft einen Blick hinein, dann verengen sich ihre Augen. Einen Moment studiert sie Blendis Gesicht, dann nimmt sie das Skizzenbuch und blättert langsam Seite für Seite um. Ihre beiden Freundinnen beugen sich rechts und links über ihre Schultern.

»Wow!«, sagt die Größere. »Das ist ja cool! Hast du das gemalt?«

»Gezeichnet«, korrigiert Blendi sie heiser. Und dann muss er sich räuspern. Jetzt sind auch die anderen neugierig geworden, eine Traube bildet sich um Mascha, der es jetzt doch zu viel wird. Sie schlägt das Skizzenbuch zu und gibt es Blendi zurück.

»Vielleicht kommst du morgen mal bei mir vorbei, und ich kann es mir in Ruhe ansehen?«, fragt sie ruhig.

Blendi merkt, wie sich Tabea an seiner Seite versteift. »Ja, das … das kann ich machen, klar«, sagt er, und dann lächelt Mascha tatsächlich. Im selben Moment hebt Joshua sein Handy, und in der Stille zwischen ihnen ist ganz deutlich Blendi zu hören, der dem Reporter ins Mikrofon spricht. »*Was willst du denn, du Jude?, hat der Schläger gesagt.*«

Joshua stellt den Ton aus. »Ist der denn überhaupt wirklich Jude?«, fragt er.

Mascha sieht ihn an. »Ja«, sagt sie.

Plötzlich sind alle still.

Seine Klassenkameraden sehen Blendi an. Er spürt, dass er in ihrer Achtung gestiegen ist. Medine, Laura, Joshua, Mumi – sogar Nina –, alle betrachten ihn auf einmal mit deutlichem Interesse.

Weil sie ihm jetzt glauben.

Außer Tabea, die auf den Boden blickt. Sie hat ihm die ganze Zeit schon geglaubt, das wird ihm jetzt klar.

»Hier«, sagt Mascha und hält ihm einen zusammengefalteten kleinen Zettel hin. »Meine Adresse. Morgen … vielleicht so um zwölf?«

»Alles klar«, sagt Blendi und wirft einen kurzen Blick zu Tabea. Sie sieht immer noch zu Boden.

5 DONNERSTAG

Muris

»Muri?« Elvirs Stimme ist so dicht an seinem Ohr, dass es kitzelt.

»Was ist denn los?«, fragt Muris.

»Bist du das auf dem Bild?«

Muris reißt die Augen auf. Sein kleiner Bruder starrt ihn fragend an. Er ist schon fertig angezogen für die Schule, die Haare gestylt, wie jeden Morgen in letzter Zeit. Muris muss eigentlich immer darüber grinsen, wie viel Wert Elvir neuerdings auf sein Styling legt. Aber heute nicht.

»Was für ein Bild?«, fragt er und richtet sich auf. Adnans Bett ist leer und gemacht, aus der Küche kommen Frühstücksgeräusche, aus dem Wohnzimmer Fernsehstimmen.

»Das im Fernsehen«, sagt Elvir und rutscht auf die Bettkante rüber. »Da zeigen die das jetzt immer, so ein Bild. Ein gemaltes Bild.«

Muris weiß genau, wovon sein kleiner Bruder redet, aber trotzdem kann er es nicht ganz glauben. »Und was sagen die dann dazu?«

Elvir zuckt mit den Schultern. »Weiß nicht«, sagt er. »Und bei der Polizei bei uns an der Schule, da hängt auch so eins im Kasten. Und da steht was drunter.«

»Was denn?« Muris stopft sich das Kissen unter den Kopf und versucht, gelangweilt auszusehen.

Elvir starrt ihn an, dann zuckt er erneut mit den Schultern und fängt ein wenig verlegen an zu grinsen. »Keine Ahnung.« Elvir ist neun, aber das Lesen fällt ihm immer noch schwer.

»Elvir!«, ruft ihre Mutter aus der Küche. »Du musst los!«

Muris streckt eine Hand aus und will Elvir durchs Haar wuscheln, doch im letzten Moment beherrscht er sich. Stattdessen schnippt er seinem Bruder gegen die Wange. »Mach dir keinen

Kopf«, sagt er. »Ich bin das nicht. Ist mir auch schon aufgefallen, dass der Typ mir ähnlich sieht. Und jetzt los mit dir.«

Elvir sieht ihn nachdenklich an – er glaubt ihm nicht richtig, aber das kann Muris jetzt nicht ändern –, dann steht er auf und läuft aus dem Zimmer. Einen Moment später kommt Amra herein und wirft sich in Muris' Arme.

»Tschüs, Muri! Spielst du später was mit mir?«

»Klar, kann ich machen«, sagt Muris. »Ist Adnan noch da?«

»Nee, der ist schon los.« Amra schenkt ihm ein zuckersüßes Lächeln, dann reißt sie sich los.

Kurz darauf streckt seine Mutter den Kopf durch die Tür. »Muris? Ich bringe die beiden kurz weg und gehe gleich etwas einkaufen. Der Tee ist fertig, nimm dir ruhig ein wenig vom Börek, wenn du magst.« Sie lächelt ihn an und zieht sich zurück. Wenig später klappt die Tür, und Stille kehrt ein.

Muris bleibt noch einen Moment liegen, dann schwingt er sich aus dem Bett und geht in die Küche. Sein Frühstücksgeschirr steht für ihn bereit, der Tee duftet köstlich. Muris schenkt sich ein, dann geht er mit der dampfenden Tasse in der Hand ins Wohnzimmer hinüber. Der Fernseher ist aus, die Zeitung vom Vortag liegt gefaltet auf dem Beistelltisch neben Tatas Sessel. Muris zögert, dann nimmt er sie sich und schlägt sie auf der Couch auf.

Sein Phantombild starrt ihn von Seite 10 an. Darüber steht:

Wer kennt diesen Mann?

Darunter eine kurze Personenbeschreibung, die ziemlich genau zutrifft. Muris läuft es kalt den Rücken hinunter, obwohl er die Beschreibung nicht zum ersten Mal liest: »Größe: ca. 1,80 m, dunkle, kurze Haare, braune Augen, schlanke Figur. Kleidung: weiße Jeans, dunkles T-Shirt, schwarz-weiße Turnschuhe der Marke Air Max.«

Zumindest der letzte Satz stimmt nicht mehr – die weiße Jeans liegt frisch gewaschen und gebügelt im Schrank, das T-Shirt hat

Muris entsorgt, und die Turnschuhe verrotten auch längst irgendwo auf einer Mülldeponie.

Aber trotzdem.

Muris betrachtet noch einen Moment die Zeichnung – gut getroffen ist er, das muss er schon sagen –, dann faltet er die Zeitung wieder zusammen und legt sie zurück.

Er geht in die Küche zurück und stellt seine Teetasse ab. Auf dem Backofen steht ein ganzes Blech voll frischem Käsebörek. Das Wasser läuft ihm im Mund zusammen, aber er merkt, dass er jetzt nichts essen kann. Mit verschränkten Armen lehnt er sich an die Spüle und sieht aus dem Fenster.

Draußen weht die mickrige Birke gegenüber in einer leichten Sommerbrise. Im Haus dahinter öffnet eine alte Frau ihr Küchenfenster und schaut sich um. Muris weicht zurück und setzt sich an den Küchentisch. Nachdenklich trommelt er mit den Fingern auf der Tischdecke herum.

Heute ist Donnerstag. Und sein Magen ist ein kleiner, harter Klumpen.

Wie von selbst geht sein Blick zum Hängeschrank hoch. Muris zählt bis zehn und dann noch mal bis zwanzig, dann steht er auf.

Im Briefumschlag liegen immer noch die vier Fünfziger, und Muris überlegt einen kurzen Moment, bevor er einen davon herausnimmt und den Umschlag wieder in die Pappschachtel zurücklegt. Er schiebt gerade den Stuhl wieder an den Tisch zurück, als die Haustür geöffnet wird. Sein Herz fängt an zu pochen, aber nach ein, zwei Sekunden erkennt er die Schritte seiner Mutter. Erleichtert setzt er sich hin und schenkt sich Tee nach.

»Ich hab das Geld vergessen!«, sagt seine Mutter, als sie hereinkommt. Mit Schwung stellt sie die leere Einkaufstasche auf dem Stuhl ab. »Hast du gar nichts vom Börek probiert?«

Muris schüttelt den Kopf. »Ich habe heute nicht so einen Appetit.«

Seine Mutter nickt, während sie ihn mustert. Ihr Lächeln ist verflogen. »Und was hast du heute vor, Sohn?«

»Mal sehen«, sagt Muris und weicht ihrem Blick aus.

Das Geld brennt wie Feuer in seiner Hosentasche.

»Muris.« Seine Mutter setzt sich ihm gegenüber. Das macht sie fast nie. Eigentlich ist sie immer in Bewegung. Aber jetzt sitzt sie da und sieht ihn an. »Muris. Diese Arbeit im Heim gefällt dir, oder?«

Er zuckt mit den Schultern. Was soll das denn jetzt? »Ist schon okay.«

Seine Mutter schüttelt ganz leicht den Kopf. »Glaubst du, dass sie nützt?«

»Wie? Den alten Leuten? Na klar nützt sie was. Du müsstest mal sehen, wie der Garten da jetzt aussieht. Und der Gemeinschaftsraum. Ich hab ziemlich aufgeräumt.« Er lächelt schief. Vielleicht glaubt sie ihm das gar nicht. Hier zu Hause rührt er schließlich keinen Finger, genauso wenig wie Tata und Adnan.

»Nein, ich meine, dir?« Seine Mutter sieht ihn fragend an.

Muris fühlt sich unwohl. Müde zuckt er mit den Schultern. »Wie, mir?«

Seine Mutter seufzt leise. »Deine Arbeit ist doch eine Strafe. Weil du diesen Jungen da geschlagen hast. Glaubst du, sie … sie wirkt?«

In ihrem Blick liegt so etwas wie Hoffnung, und davon wird Muris fast übel. Klar, sie hofft, dass er sich ändert, dass aus ihm doch noch ein besserer Mensch wird und nicht mehr der nichtsnutzige Schulabbrecher und Schläger, zu dem er sich in den letzten zwei, drei Jahren entwickelt hat.

Wenn sie wüsste.

Muris zwingt sich zu einem Lächeln. »Vielleicht«, sagt er. »Ein bisschen auf jeden Fall. Ich meine, ich kann mir vorstellen, so was auch weiter zu machen. So als richtigen Job.«

Seine Mutter nickt, aber er sieht, dass seine Worte sie nicht überzeugen. »Muris«, sagt sie sanft. »Mein Herz ist schwer. Woher kommt das alles? Woher kommt die Gewalt? Du hast diesen Jungen da geschlagen. Du hast ihm die Nase gebrochen! Und auch Adnan ist … hart. Woher kommt das? Tata und ich haben euch nie geschlagen.«

Muris schluckt und sieht auf seine Tasse. Der Tee dampft nicht mehr. »Keine Ahnung«, sagt er. »Vielleicht haben wir das von unserem Vater. Also … von unserem leiblichen Vater«, fügt er schnell hinzu, als er ihren erschrockenen Blick sieht. »Vielleicht erbt man das, und man kann überhaupt nichts dagegen tun.«

Im selben Moment klingelt es an der Wohnungstür. Muris' Mutter runzelt die Stirn, dann steht sie auf. Muris hört, wie sie in den Flur geht und nach einem Moment öffnet. Als er die Stimme erkennt, die etwas zu fragen scheint, zuckt er heftig zusammen und springt auf. Zitternd steht er da, mit geballten Fäusten.

Donnerstag. Zahltag.

Sein Herz schlägt schnell und hart, während er fieberhaft nachdenkt.

Er sitzt in der Falle. Jetzt sitzt er in der Falle.

Wieder sind leise Stimmen zu hören. Dann klappt die Tür, und nach einem Moment kommt seine Mutter wieder in die Küche. »Das war … Muris, was ist?« Erschrocken bleibt sie stehen und starrt ihn an. Dann schüttelt sie langsam den Kopf. »Also war es richtig, dass ich ihn weggeschickt habe«, sagt sie leise, wie zu sich selbst. »Ich habe gesagt, dass du schon zur Arbeit gegangen bist. Da war etwas in seinem Blick …«

Muris atmet tief aus und lässt sich auf den Stuhl sinken. Sein Herz schlägt immer noch wie wild.

»Muris?«

»Lass, Mama«, sagt er und legt die Hand vor seine Augen. »Schon gut. Ich will … ich kann im Moment nicht mit Yasin reden. Aber mach dir keine Sorgen.«

Er sieht zu Boden, während seine Mutter an ihm vorbeigeht und einen Stuhl vom Tisch zieht.

Noch fehlt ihm ein Teil des Geldes. Aber er wird nicht darum herumkommen, er weiß genau, dass Yasin und Gürkan ihm auflauern werden.

Plötzlich fällt ihm das Schweigen auf, und er sieht hoch.

Seine Mutter steht auf dem Stuhl vor dem Hängeschrank. Die Pappschachtel ist vorn an den Rand gezogen, der Umschlag liegt in den Händen seiner Mutter. Ungläubig sieht sie zu Muris hinunter. »Muris?«, fragt sie mit halb erstickter Stimme. »Muris?«

Muris springt auf. Drei Schritte bis in den Flur, zwei weitere bis zur Tür. Als er sie aufreißt, hört er nur noch das Pochen seines eigenen Herzens. Und das Blut, das in seinen Ohren rauscht.

Blendi

»Und dann der Herr Berberi!« Mathe-Möbius lächelt schief, als er Blendi zu sich winkt. Blendi steht auf und geht langsam nach vorn, an Nina und Tabea vorbei, die beide schon ihre Zeugnisse bekommen haben und sich aufgeregt über die Noten austauschen. Möbius streckt schon die Hand mit dem Zeugnis aus, bevor Blendi auch nur in Reichweite ist.

»Blendi, hier also für dich die Erweiterte Berufsbildungsreife.« Ein paar Klassenkameraden klatschen müde. Blendi nimmt das Zeugnis entgegen und schüttelt Möbius' Hand. »Wir hatten ja schon darüber gesprochen, dass da mehr drin gewesen wäre, nicht wahr?«, sagt Möbius achselzuckend. »Tja, schade drum. Aber du wirst auch so deinen Weg machen, da bin ich sicher.«

»Als Müllmann!«, ruft Timo und kichert albern. Ein paar andere fallen mit ein, und Blendi versucht, sich nichts anmerken zu lassen. Er lässt Möbius' Hand los, klemmt sich das Zeugnis unter den Arm und geht zurück zu seinem Platz hinten am Fenster.

Als er an Tabea vorbeikommt, lächelt sie ihm zu, und Blendi ist überrascht, dass es ihm gelingt, zurückzulächeln.

»Nee, Blendi wird Filmstar!«, ruft Joshua und lehnt sich lässig in seinem Stuhl zurück. »Oder, Blendi? Du hast doch Talent!«

Blendi zeigt ihm einen Vogel, ohne hinzusehen, und lässt sich auf seinen Stuhl fallen. Vorn ruft Möbius Mumi auf, und Blendi will das Zeugnis schon unbesehen in seinen Rucksack stecken, aber dann schlägt er es doch auf.

Erweiterte Berufsbildungsreife. Kein Mittlerer Schulabschluss. So ein Mist.

Ist zwar keine Überraschung, er weiß es schon seit mehreren Wochen, aber trotzdem. Hätte er sich nur ein bisschen mehr angestrengt! Den Jahrgangsteil hat er geschafft, aber bei den Prüfungen hat er gleich zwei Kernfächer in den Sand gesetzt. Deutsch und Englisch fünf. Fünf! Da haben auch die Eins in Mathe und die Zwei in Bio nichts mehr genützt.

Er klappt das Zeugnis wieder zu und schließt für einen Moment die Augen. Um ihn herum murmeln und tuscheln seine Mitschüler, vorn redet Möbius leise auf Mumi ein. Heute zum letzten Mal diese Geräuschkulisse. Und dann?

Blendi hat keine Ahnung, was werden soll. Eine Berufsausbildung als Technischer Zeichner kann er mit diesem Zeugnis ja wohl vergessen.

Und Kunst studieren erst recht.

In sich zusammengesunken sitzt er da, bis Möbius vorn seine Abschiedsrede gehalten hat und die gesamte Klasse in eine mehr oder minder ungewisse Zukunft entlässt.

»Kommst du auch noch mit?« Azad sieht Blendi fragend an, während er sich seinen Rucksack überwirft.

»Wohin?«

»Na, noch ein bisschen feiern drüben im Park. Na los, Alter!«

»Nee«, sagt Blendi. »Ich kann nicht, ich hab noch was vor. 'n Mädchen.«

»Echt? Cool, Alter!« Azad lacht, dann klatscht er Blendi ab. »Okay, bis dann – mach's gut. Wir sehen uns!«

»Klar, wir sehen uns!« Wo auch immer. Oder auch nie. Blendi räumt weiter seine Sachen zusammen und guckt noch mal extra unter der Tischplatte nach. Den abgebrochenen Bleistift dort lässt er liegen. Als er sich aufrichtet, steht Tabea vor ihm. Hinter ihr verlassen gerade Nina und Laura den Klassenraum, gefolgt von Azad und den anderen.

»Und, bist du zufrieden?«, fragt Tabea. Sie hat einen Daumen in die Schlaufe ihrer Umhängetasche gehakt und tippt damit kaum merklich darauf herum.

Blendi schüttelt den Kopf. »Nein, absolut nicht. Aber lässt sich nicht mehr ändern. MSA wäre natürlich besser gewesen. Und du?«

Sie nickt und pustet sich eine kurze blonde Strähne aus der Stirn. »Ich freu mich. Hab ich mir echt gewünscht, und jetzt klappt es auch.«

»Wo gehst du denn hin? Auf ein OSZ?«

»Nein, nicht auf ein Oberstufenzentrum. Ich wechsel aufs Gymnasium. Das Gymnasium Tiergarten wahrscheinlich. Auf den bilingualen Zweig.« Jetzt lächelt sie doch, aber leicht verlegen.

»Wow! Glückwunsch!« Nun ist Blendi ebenfalls verlegen, und er weiß nicht, wo er hinsehen soll. Tabeas Blick ist ihm fast unangenehm, also nicht wirklich, aber er weiß einfach nicht, wie er sich verhalten soll.

»Kommst du noch mit?«, fragt sie.

»Ich kann ... ich kann leider nicht, ich bin doch mit dem Mädchen verabredet, dem von der Tankstelle«, sagt er schnell. »Sie wollte sich gern mein Skizzenbuch ansehen.«

»Ach ja, stimmt. Schade.« Tabea legt den Kopf schief. »Hast du es dabei?«

Blendi nickt.

»Kann ich es auch noch mal sehen?«

Blendi zögert, dann nimmt er achselzuckend seinen Rucksack ab und holt sein Skizzenbuch heraus. Tabea legt ihre Tasche weg und setzt sich auf den Tisch, um es aufzuschlagen. Nach einem Moment hockt Blendi sich neben sie.

Gemeinsam betrachten sie die Zeichnungen, die Blendi in den letzten Tagen vom Schläger gemacht hat. Niemand außer ihnen beiden ist noch im Raum, und nur das Rascheln der Blätter, wenn Tabea umschlägt, ist zu hören.

Tabea sagt kein Wort, während sie sich die Zeichnungen genau ansieht, und auch Blendi schweigt. Die Stille zwischen ihnen ist schön, und Blendi spürt, wie er sich entspannt. Fast findet er es schade, als Tabea die letzte Skizze vom Schläger umblättert und die Zeichnung von Blendis Mutter entdeckt.

Er hat sie vor einigen Tagen aus dem Gedächtnis gezeichnet, wie sie in der Küche sitzt und telefoniert, mit ihrer Schwester im Kosovo, eine Zigarette zwischen den Fingern, die Stirn in nachdenkliche Falten gelegt, ein Lächeln auf ihrem breiten Mund.

»Deine Mutter?«

Blendi nickt. Seine Mutter. Seine traurige, erschöpfte Mutter, die eigentlich im Moment nur lacht, wenn sie mit jemandem aus dem Kosovo telefoniert. Vielleicht sollte sie zurückgehen?

Der Gedanke gefällt ihm gar nicht. Aber so unmöglich findet er ihn auch wieder nicht. Warum sollte sie nicht dorthin gehen, wo die Menschen leben, die sie glücklich machen? Edona und er sind ohnehin bald aus dem Haus.

»Darf ich?«, fragt Tabea sanft und hebt das nächste Blatt leicht an.

Blendi sieht ihr in die Augen. Langsam nickt er.

Aber statt das Blatt weiter anzuheben, beugt Tabea sich vor und küsst ihn direkt auf den Mund.

Als wenn Blitz und Donner zusammentreffen. Vor Überraschung zuckt er zusammen. Aber seine Lippen berühren immer noch Tabeas Mund. Weich, weich, weich.

Bis Tabea sich zurücklehnt und ihn ansieht.

»Ich weiß, dass du eigentlich lieber Nina küssen wolltest«, sagt sie ruhig. »Aber das ist mir egal. Ich finde, du bist echt ein lieber Typ. Und ich finde es total schade, dass wir uns jetzt nicht mehr jeden Tag sehen.«

Blendi starrt sie an. Er ist sehr dicht vor ihr, aber es macht ihm wirklich überhaupt nichts aus, dass sie jetzt jeden einzelnen seiner Pickel genauestens studieren kann. »Find ich auch«, sagt er heiser. »Aber das lässt sich ja ändern. Oder?«

Er versucht ein Lächeln. Klappt. Und es klappt noch besser, als Tabea nach einem Moment zurücklächelt.

Mascha

Mia liegt lang auf Maschas Bett ausgestreckt, und Isi dreht sich lässig in ihrem neuen Drehstuhl hin und her, als es klingelt.

»Wer ist das denn?«, fragt Isi und trinkt noch einen Schluck Sekt, direkt aus der Flasche. »Kriegste Besuch?«

Mascha steht vom Bett auf und streckt sich. »Ja, der Typ von der Tankstelle wollte noch vorbeikommen.«

»Der mit den Pickeln?«, fragt Mia und kichert angeschickert.

»Mensch, Mia, sei bloß still!« Mascha geht kopfschüttelnd zur Tür.

Draußen steht der Junge von der Tankstelle.

»Hi, komm rein«, sagt sie und macht die Tür weit auf. Er reicht ihr eine verschwitzte, ein bisschen zu schlaffe Hand und tritt ein, wobei er sich vorsichtig umsieht. »Wie heißt du eigentlich?«

»Äh, Blendi. Und du bist Mascha, richtig?«

Mascha nickt, während sie zu ihrem Zimmer zeigt. »Da lang. Aber nicht wundern, zwei Freundinnen von mir sind noch da. Die gehen aber sowieso gleich.«

Blendi zögert ganz offensichtlich, als er die beiden Mädchen sieht, die ihm neugierig entgegensehen.

»Mensch, Mia, mach mal ein bisschen Platz«, sagt Mascha und schiebt Mias bloße Beine zur Seite. »Hier, setz dich, Blendi.«

»Hä, Blendi, wie die Zahnpasta?« Mia lacht albern und setzt sich leicht schwankend auf. »Cooler Name. Woher hast du den denn?«

»Der ist albanisch«, sagt Blendi schüchtern und nimmt auf der äußersten Bettkante Platz. Vorsichtig stellt er seinen Rucksack zwischen seinen Füßen ab.

»Mia – Isi«, stellt Mascha ihre beiden Freundinnen vor.

»Willst du auch einen Schluck Sekt?« Isi hebt die schon fast geleerte Flasche und lächelt.

»Nee, danke.« Blendi schüttelt den Kopf. Seine Hand fährt zu seinem Kinn hoch, und er läuft leicht rot an.

»Live siehst du cooler aus als im Fernsehen. Bis auf die Pickel«, sagt Mia, steht auf und wuschelt ihm durch die Haare. Blendi duckt sich weg, tiefrot im Gesicht jetzt. Mia lacht, und Isi, die inzwischen auch aufgestanden ist, greift sie am Arm und zieht sie mit sich.

»Komm jetzt, Mia.« Sie haucht Mascha zwei Luftküsschen rechts und links auf die Wange. »Bis heute Abend! Um acht bei mir, ja?«

»Okay«, sagt Mascha und lässt sich von Mia ebenfalls Küsschen geben. »Dann bis nachher!«

»Den da«, Mia deutet auf Blendi, »den kannst du auch mitbringen. Ich hab übrigens einen nagelneuen Abdeckstift zu Hause.«

»Mensch, Mia, komm jetzt!« Isi zieht sie zur Tür, kopfschüttelnd, aber ein Grinsen kann sie doch nicht verbergen.

Als die beiden endlich draußen sind, holt Mascha eine Flasche Ingwerbionade aus dem Kühlschrank und zwei Gläser dazu. »Hier, magst du?« Sie schenkt ihnen beiden ein und setzt sich dann in den Drehstuhl.

Blendi zieht die Nase kraus und zuckt mit den Schultern. Er probiert einen Schluck und stellt das Glas neben sich auf dem Fußboden ab. Offensichtlich weiß er nicht, was er sagen soll.

»Zeig mir doch noch mal deine Zeichnungen«, sagt Mascha. »Die wollte ich mir gern in Ruhe ansehen.«

»Ja, klar, hier!« Er zieht das Skizzenbuch heraus und reicht es Mascha.

Vorsichtig schlägt sie es auf. Ein Schauder läuft ihr den Rücken hinunter, während sie nachdenklich die Skizzen betrachtet. Sie hat keine Ahnung, ob er den Schläger gut getroffen hat, aber auf jeden Fall sind die Zeichnungen unglaublich lebensecht. Irgendwie kommt ihr der Typ sogar bekannt vor, aber letztendlich ist das kein Wunder. Viele Jungs sehen ja so ähnlich aus: dunkelhaarig, attraktiv, mit kurzen Haaren und braunen Augen. Nachdenklich betrachtet sie die schlanke Gestalt, das kantige, grimmig wirkende Gesicht mit der geraden Nase, die angespannte Haltung auf der letzten Zeichnung, die ihn zeigt, wie er sich gerade umdreht. »Da läuft er weg, oder?«, fragt sie und sieht auf.

Blendi nickt. »Ja, genau.«

Sie sehen sich an. »Erzähl mir mal, wie das war«, sagt Mascha und schlägt die nächste Seite um. Eine Rose ist darauf zu sehen, eine einzelne Rose, die in einer Art Wolke liegt, und sie weiß sofort, was das ist. Schlagartig steigen ihr die Tränen in die Augen, und sie klappt das Buch zu und reicht es Blendi zurück. »Los, erzähl mal«, sagt sie.

»Ich weiß nicht ...« Blendi zögert.

»Ich weiß doch gar nicht so richtig, wie das passiert ist. Du bist eigentlich der Einzige, der es weiß.«

»Nein, nicht wirklich, ich war doch schon weg, als ...« Er stockt. Offenbar will er nicht sagen, was passiert ist. Mascha kann das verstehen.

Am liebsten würde auch sie das alles vergessen. Oder besser: ungeschehen machen. Aber das geht nicht. Nicht, solange Lion immer noch im Koma liegt und sie keine Ahnung hat, wie es ihm geht.

Sie weiß nichts, nichts über seinen Zustand, gar nichts. Woher auch?

In der Presse ist nichts Neues zu erfahren, die Familie äußert sich nicht, und sonst kennt Mascha ja niemanden, der vielleicht Kontakt zu Lions Eltern haben könnte. Sie will unbedingt wissen, wie alles passiert ist.

Sie sieht Blendi an, und er sieht sie an. Komisch, dass sie eine so starke Verbundenheit mit ihm spürt, diesem schüchternen, pickligen Typen, der da total steif auf ihrer Bettkante sitzt.

Aber so ist es. Irgendwie sind sie ja auch Verbündete.

»Los jetzt, erzähl«, sagt sie und lehnt sich zurück. »Bitte!«

Blendi zuckt mit den Schultern, nimmt noch einen Schluck Ingwerlimonade, dann stellt er das Glas ab und sieht sie an. »Na ja, ich bin aus dem Laden raus, als du gerade reingekommen warst, und da bin ich an der Tür fast mit dem zusammengestoßen.« Er nickt in Richtung des Skizzenbuches, das er neben sich aufs Bett gelegt hat. »Und dann ging es gleich los. Er hat mich angemacht, und ich ... Ich meine, mit so Typen muss man echt vorsichtig sein, also, so Typen, das ist ... die ticken manchmal einfach aus, das kenn ich. Ich hab weggeguckt, denen darf man nicht in die Augen sehen, weggucken ist gut, aber nicht ducken oder so, also, nicht klein machen, einfach gerade bleiben und weggucken und … na ja, jedenfalls war der total drauf und hat mich so nach hinten geschubst. Scheiße, hab ich gedacht, ich will echt keinen Stress jetzt!« Blendis Stimme klingt hektisch, er redet immer schneller, doch Mascha bremst ihn nicht. Sie ist wieder an der Tankstelle, mitten in der Nacht, mit Blendi zusammen, nur dass sie im Laden steht und er draußen, zusammen mit dem Schläger, zusammen mit Lion.

Lion.

Manche wachen nie wieder aus dem Koma auf. Andere mit schweren Gehirnschäden. Und einige wenige ohne jegliche Beeinträchtigungen.

Allerdings, auch das hat sie nachgelesen, wird die Chance auf die dritte Variante immer geringer, je länger der Zustand der tiefen Bewusstlosigkeit andauert. Und Lion liegt nun schon seit fünf Tagen im Koma.

»Ich bin dann weggegangen«, sagt Blendi leise. »Und dann hab ich Rufe gehört und mich noch mal umgedreht und gesehen, dass … dass dein Freund da am Boden lag. Und der andere rannte gerade weg.« Blendi lässt den Kopf hängen. »Ich hätte nicht weggehen sollen«, sagt er. »Eigentlich hat dein Freund abgekriegt, was ich abgekriegt hätte.«

Mascha sieht ihn an, seine hängenden Schultern, das leicht zitternde, pickelübersäte Kinn. »Warum war die Nachtschublade eigentlich zu?«, fragt sie. »Dann wäre … Dann wäre das alles nicht passiert.«

Blendi bewegt sich nicht. »Zufall«, sagt er leise. »War wahrscheinlich alles Zufall.«

»Ich glaub nicht an Zufälle«, sagt Mascha, und plötzlich kommt ihr eine Idee. Sie springt auf und nimmt das Skizzenbuch hoch. »Weißt du was? Wir machen ein paar Kopien und hängen die auf. Irgendwer muss den Typen doch erkennen. Du hast so gute Bilder gemacht, da erkennt ihn bestimmt jemand!«

»Zeichnungen«, murmelt Blendi, aber das interessiert Mascha nicht weiter. Mit dem Skizzenbuch in der Hand läuft sie in das Zimmer ihrer Mutter. Vor Kurzem hat sie sich einen nagelneuen Multifunktionsdrucker zugelegt. Nach einigen Sekunden kommt schon die erste Kopie aus dem Ausgabefach. Mascha nimmt die oberste hoch und betrachtet das Gesicht des Schlägers.

Würde sie ihn wiedererkennen, wenn er in ihre Klasse ginge, um die Ecke wohnte? Er sieht ganz gut aus, mit scharf geschnittenen Zügen, vielleicht arabischer oder nordafrikanischer Herkunft. Vielleicht ist er auch Deutscher, eigentlich könnte er alles Mögliche sein.

Sie nimmt einen breiten Edding und schreibt in Druckbuchstaben zwei Sätze auf die Kopien, einen oben über das Gesicht des Schlägers, einen darunter.

Je länger sie hinsieht, desto bekannter kommt ihr das Gesicht vor. Als hätte sie es schon öfter gesehen. Dabei kann das gar nicht sein. Alles Einbildung. Sie drückt auf die Kopiertaste.

»Blendi?«, sagt sie, als sie ins Zimmer zurückkommt, einen kleinen Stapel Kopien in der Hand. »Blendi, hast du noch ein bisschen Zeit? Dann lass uns losgehen und die Teile hier aufhängen.«

»Meinst du, das bringt was?«, fragt Blendi. »Ich meine, das ist doch …«

»Ach, wir versuchen es einfach«, sagt Mascha und nimmt ihren Cardigan von der Stuhllehne. »Komm, dann machen wir wenigstens was! Als Erstes gehen wir zur Tankstelle, und dann … dann mal gucken.«

Blendi nickt und greift nach seinem Rucksack, um das Skizzenbuch darin zu verstauen. Im selben Moment dreht sich ein Schlüssel in der Wohnungstür, und dann sind Stimmen zu hören; die Stimme ihrer Mutter und eine Männerstimme.

Mascha sieht Blendi an, der wie erstarrt dasitzt, und geht zur Tür. »Warte mal kurz«, sagt sie zu Blendi und zieht die Zimmertür halb hinter sich zu, als sie in den Flur tritt.

Ihre Mutter hängt gerade ihre Sommerjacke an die Garderobe. »Hallo, Mäuschen«, sagt sie fröhlich, als sie Mascha sieht, dann dreht sie sich zu dem dunkelhaarigen Typen um, der hinter ihr steht. »Guck mal, das ist Nenad! Wir wollen … wir wollen einen Kaffee trinken. Hast du Lust?«

»Hi.« Mascha reicht ihm die Hand. Nenad ist nicht groß und sieht auch nicht sonderlich gut aus, aber er passt, wie Mascha sofort erkennen kann, genau ins Beuteschema ihrer Mutter: um die vierzig, dunkle Haare, muskulös, Dreitagebart.

»Hallo«, sagt er und nickt, ohne zu lächeln.

»Hast du denn auch Lust auf einen Kaffee, Mascha?«, fragt Maschas Mutter übertrieben locker und klatscht sogar in die Hände.

Mascha schüttelt den Kopf. »Nein, ich muss noch mal los.«

»Und wann kommst du wieder?«

»Weiß noch nicht. Später. Mal gucken. Ich kann ja anrufen!«, sagt Mascha und dreht sich wieder zu ihrem Zimmer zurück.

Ihre Mutter nickt. »Ja, gut, dann … dann bis nachher, ja? Aber du hast doch noch Lust auf einen Kaffee, oder?«, fragt sie und strahlt ihren neuen Freund an.

»Klar, gerne, und nicht nur darauf«, sagt Nenad und grinst. Mascha verdreht innerlich die Augen und ist froh, als die beiden in der Küche verschwinden. Sie stößt die Zimmertür wieder ganz auf und nickt Blendi zu.

»Kommst du?«

Blendi sieht immer noch wie erstarrt aus, aber dann steht er doch auf und folgt Mascha in den Flur und aus der Wohnung. Erst als sie draußen sind und sie ihm ein paar der Kopien in die Hand drückt, sieht er auf.

»Der Typ, der da mit deiner Mutter gekommen ist«, sagt er langsam, und jetzt verdreht Mascha tatsächlich die Augen.

»Ihr neuer Lover«, sagt sie und schüttelt den Kopf. »Oh Mann, echt ätzend. Meine Mutter verliebt sich echt jeden Monat neu. Und immer denkt sie, das ist das ganz große Ding! Wie ist das denn bei dir, auch so? Bestimmt nicht, oder? Ihr lebt wahrscheinlich alle so ganz toll zusammen, so heile Familie, was?« Sie grinst ihn an, aber das Grinsen vergeht ihr, als sie sein Gesicht sieht. »Ach du Scheiße«, sagt sie. »Was ist denn?«

Blendi schluckt. Jetzt, so mitten im hellen Sonnenlicht, sind die zahllosen Pickel, die sein Kinn übersäen, genau zu erkennen. »Dieser Typ ... das war mein Vater«, sagt er und weicht ihrem Blick aus.

Mascha starrt ihn an. »Was?«

Er nickt, den Blick immer noch auf den Boden gerichtet. »Ja«, sagt er. »Das war mein Vater. Der ist vor ein paar Tagen bei uns zu Hause ausgezogen. Weil er eine Neue hat.«

Mascha ist sprachlos. Ein Touristenpärchen geht hinter ihr vorbei und starrt sie und Blendi neugierig an, aber das interessiert sie nicht weiter. »Das war dein Vater?«, wiederholt sie, und dann schüttelt sie wieder den Kopf. »Ist ja nicht wahr. Echt, das ... Ich hab mal gelesen, dass alle Menschen auf der Welt irgendwie um fünf Ecken miteinander bekannt sind. Allmählich glaub ich das.«

Blendi steht einfach nur da und blickt immer noch zu Boden. In seinem Gesicht arbeitet es, und dann, als er aufsieht, hat er offenbar eine Entscheidung getroffen. »Los, lass uns die Teile hier aufhängen«, sagt er und hält die Kopien hoch. »Du hast recht, dann haben wir wenigstens was getan.«

Muris

Der Flur ist leer, das Treppenhaus auch. Muris hört sein eigenes Keuchen von den engen Wänden widerhallen, aber trotzdem kriegt er es erst im Erdgeschoss hin, sein Tempo zu verlangsamen. Die letzten Stufen springt er nicht mehr, und als er unten angekommen ist, hat sich sein Atem fast wieder beruhigt.

So eine Scheiße!

Der Gesichtsausdruck seiner Mutter verfolgt ihn; er weiß schon jetzt, dass er ihn in den nächsten Tagen und Nächten nicht mehr loswerden wird.

Wie soll er das je wiedergutmachen?

Er holt tief Luft, reißt die Tür auf und tritt in das helle Sonnenlicht.

Aus dem Hauseingang links kommt gerade eine Mutti mit Kinderwagen, rechts ist alles frei. Auf dem Grünstreifen vorm Häuserblock hat sich eine zerknitterte Zeitung um den Stamm einer vertrockneten Birke gewickelt. Muris läuft bis zur nächsten Ecke und seufzt.

Der Verkehr auf der großen Straße tost, aber hier, vor der Ecke, wo er stehen geblieben ist, ist kein Mensch zu sehen. Muris ballt die Fäuste und lässt sie wieder locker.

Das Geld hat er. Egal, wie er dazu gekommen ist, aber er hat es.

Und bisher hat ihn niemand auch nur verdächtigt, irgendwas mit der Tankstellengeschichte zu tun zu haben. Fünf Tage sind jetzt rum. Langsam kann er mal aufhören, sich Sorgen zu machen. Das wird schon.

Das wird schon. Alles okay.

Man muss sich das nur oft genug sagen, dann glaubt man auch dran.

Aber dann kommt ihm wieder der fassungslose Blick seiner Mutter in den Sinn, und Muris beißt die Zähne zusammen.

Nichts ist okay.

Die Hauswand neben ihm ist rissig. Muris dreht sich um, unschlüssig, wohin er gehen soll. Dann fällt sein Blick auf ein Blatt Papier, das an die Straßenlaterne gegenüber geklebt ist, und seine Nackenhaare richten sich auf. Das ist doch …

Er geht näher heran. Ja, das ist er. Eine Zeichnung. Eine Art Phantombild, aber nicht das offizielle, das er aus dem Fernsehen kennt. Wie kopiert sieht die Zeichnung aus, das irritiert Muris.

Aber wer auch immer sie gemacht hat, hat ihn gut getroffen; sein Gesicht mit den hohen Wangenknochen ist gut zu erkennen. **GESUCHT** steht obendrüber, in Blockbuchstaben, und darunter … Aber er kommt nicht dazu, den kurzen Text zu lesen, denn plötzlich legt sich ein Arm um seinen Hals, und im nächsten Moment wird er nach hinten gerissen. Die Luft bleibt ihm weg, und ein schneidender Schmerz fährt ihm in die Kehle.

»Na, du kleiner Scheißer, warum hast du denn nicht aufgemacht, hä?« Die Stimme ist dicht an seinem Ohr, doch das Gesicht, das er vor sich sieht, wirkt seltsam unbeteiligt.

Mit kühlem Blick sieht Yasin zu, wie Gürkan Muris weiter die Kehle zudrückt. Muris öffnet den Mund, aber aus seiner Kehle kommt kein Ton. Nur ein Pfeifen ist zu hören, das Pfeifen, mit dem er Luft zu holen versucht. Verzweifelt reißt er mit beiden Händen an Gürkans Arm, aber der bewegt sich keinen Millimeter. Wie in einem Schraubstock ist Muris' Hals gefangen, in einem Schraubstock, der sich immer weiter zudreht. Muris versucht, nach hinten auszutreten, aber Gürkan scheint das geahnt zu haben, denn er weicht ihm mühelos aus, ohne seinen Griff zu lockern.

Yasin steht da, mit ausdrucksloser Miene, und sieht zu, wie Muris langsam schwarz vor Augen wird. An den Rändern seines Sichtfeldes tauchen Blasen auf, blubbernde Blasen. Und dahinter lauert eine merkwürdig wabernde Dunkelheit.

Muris versucht noch mal, nach hinten auszutreten, doch seine Beine gehorchen ihm nicht mehr richtig.

Wieder versucht er zu schreien, aber das Einzige, was er hört, ist das Rauschen seines eigenen Blutes.

Dann, kurz bevor er das Bewusstsein verliert, hebt Yasin die Hand, und augenblicklich lässt Gürkan los. Muris sackt zusammen, plötzlich ist da die graue, steinerne Gehwegplatte direkt vor seinen Augen, dann durchfährt ein scharfer Schmerz seinen Kopf.

Für einen Moment sieht er tatsächlich Sterne, dann schnappt er nach Luft und stützt sich mit beiden Händen auf.

»He, was macht ihr da!«, ruft eine Frauenstimme. »Lasst ihn in Ruhe!«

»Verpiss dich«, brüllt Gürkan sofort zurück. »Sonst bist du auch dran!«

Direkt vor Muris' Augen fällt ein Tropfen Blut auf die schmutzige Steinplatte. Und dann noch einer.

»Scheiße«, murmelt Muris und rappelt sich mühsam auf. Etwas läuft ihm ins Auge, und als er sich die klebrige Flüssigkeit abwischt, sieht er Blut auf seinem Handrücken. »Scheiße!«, murmelt er noch mal und sieht auf.

Im selben Moment tritt ihm Gürkan mit Wucht in die Seite, und Muris fällt erneut um.

»Gib's schon her«, sagt Yasin gelangweilt und streckt die Hand aus. »Los.«

Muris kann nicht antworten, und er kann auch nichts tun, außer zu atmen. Klare, milde Sommerluft in seinen Lungen. Das Einzige, was zählt.

Benommen spürt er, wie Gürkans Hände ihn abtasten, in seine Taschen fahren und schließlich die vier Scheine aus seiner hinteren Hosentasche herausziehen. »Zweihundert«, sagt er zufrieden und reicht Yasin das Geld hinüber.

Yasin nickt und steckt die Scheine ein. Er sieht immer noch gelangweilt aus, als er zu Muris hinunterblickt. »Na immerhin«, sagt er. »Merk dir das, du kleiner Scheißer.«

Im selben Moment sind schnelle Schritte zu hören, und dann taucht hinter Yasin ein wutverzerrtes Gesicht auf. Muris zuckt zusammen.

»Seid ihr total bekloppt?«, schreit Adnan und reißt Yasin an der Schulter zurück. »Lasst meinen Bruder in Frieden!«

Yasins gelangweilte Miene fällt in sich zusammen, als er rückwärtsstolpert und sich dann wieder fängt. Gürkan springt vor, doch im nächsten Moment hat Adnan ihm ein Bein gestellt und ihn in den Schwitzkasten genommen. Einen kurzen Moment lang hält er ihn fest, und Muris sieht die Überraschung und auch den Schmerz in Gürkans Gesicht, bevor Adnan ihn wieder loslässt.

Muris kommt hoch, aber Gürkan geht nicht auf Adnan los. Er bleibt einfach stehen und starrt Adnan an, und auch Yasin macht keine Anstalten, auf Adnan loszugehen. Alle vier stehen sie da, dicht voreinander, aber niemand rührt sich.

Dann schüttelt Yasin den Kopf. »Mit euch wollen wir nichts mehr zu tun haben«, sagt er ruhig. »Mit dir nicht« – er sieht Adnan geringschätzig an – »und mit deinem beschissenen Bruder auch nicht. Mit euch kann man keine Geschäfte machen. Ihr taugt nichts. Alle beide.«

Adnan nickt. »Ist mir recht. Mach deine krummen Geschäfte in Zukunft allein. Und lass uns in Ruhe. Sonst ist Krieg«, sagt er und wedelt mit einer Hand.

»Ihr seid keinen Krieg wert«, erwidert Yasin höhnisch. »Ihr Balkanidioten. Wusste ich doch, dass man mit euch Losern nichts anfangen kann.«

Für einen Moment sieht es aus, als ob Adnan gleich explodiert, aber dann zuckt er nur lässig mit den Schultern und winkt ab. Mit den Fingern macht er eine schwebende Bewegung, so als wolle er eine lästige Fliege verscheuchen, und dreht sich von Yasin weg. Muris sieht, wie er Yasin ohne zu zögern seinen ungeschützten Nacken präsentiert.

Einen Moment stockt ihm der Atem, dann dreht sich Yasin einfach um und geht, und nur einen Augenblick später folgt ihm Gürkan, nicht ohne noch einmal auf den Boden zu spucken.

Etwas weiter entfernt steht, das sieht Muris erst jetzt, die Mutti aus dem Nachbareingang. Sie sieht ihn an, dann schiebt sie ihren Kinderwagen weiter. Muris atmet tief ein. Seine Kehle tut immer noch weh. Als er mit der Hand zur Stirn fährt, ist frisches Blut auf seinen Fingern zu sehen.

Adnan kneift die Augen zusammen. »Das sieht nicht gut aus«, sagt er. »Muss genäht werden, glaub ich.«

Muris zuckt mit den Schultern und hält sich die Stirn. Ihm ist schwindelig, und er fühlt sich nicht ganz sicher auf den Beinen, aber das wird sich bestimmt gleich wieder legen.

Adnan starrt ihn immer noch an. »Du hast Mama Geld gestohlen«, sagt er ruhig.

Muris nickt, ohne ihn anzusehen.

»Warum hast du mich nicht gefragt?«

»Dich?« Muris' Kopf schmerzt, als er hochguckt.

»Ich bin dein Bruder«, sagt Adnan. Seine hellen Augen blitzen. Wie Eis.

»Du hast mir doch noch nicht mal zugehört«, sagt Muris und lacht, aber das lässt er gleich wieder, denn das tut weh. »Du hast nur gesagt, ich soll das klären. Du hast mir doch gar nicht geglaubt!«

»Was hätte ich dir denn glauben sollen?«

Muris schweigt.

Adnan tritt einen Schritt näher heran. Jetzt steht er ganz dicht bei Muris, direkt vor ihm, aber komischerweise ist Muris seine Nähe gar nicht unangenehm. Komischerweise fühlt er sich für einen Moment sogar von ihm beschützt.

»Warum hast du Yasin die Kohle nicht rechtzeitig gebracht?«, fragt Adnan leise. »Wenn du Geschäfte machst, dann auch richtig, Mann. Wieso nimmst du das Zeug und bringst ihm das Geld nicht? Oder das Zeug zurück? Ist doch klar, dass das Riesenärger gibt.«

Riesenärger, da hat er recht. Nicht nur mit Yasin. Sondern auch mit Adnan. Mit ihrer Mutter. Und die Sache mit der Tankstelle ... die wäre auch nicht passiert, wenn er einfach die Finger davon gelassen hätte.

Das Plakat mit seinem Gesicht fällt ihm wieder ein, aber Adnan steht direkt davor. Und starrt ihn weiterhin forschend an, mit einem Blick wie aus Eis. »Warum, Muris? Hast du's selbst geraucht? Mit deinen Kumpels wahrscheinlich, hä? Ferhat, Ambr, die ballern doch gern mal einen durch.« Adnans Stimme klingt jetzt drohend. Er reckt das Kinn, sieht Muris aus schmalen Augen an. »Na, was?«

Muris schluckt. Er hat den Eindruck, Blut zu schmecken, aber das ist wahrscheinlich nur Einbildung. »Ich ...«, beginnt er, und dann schluckt er noch einmal, »ich hab es verloren.«

Adnan starrt ihn einen Moment lang sprachlos an. »Verloren?«, fragt er dann langsam.

Hinter ihm gehen zwei kleine Mädchen mit sorgfältig geflochtenen Zöpfen vorbei, in Amras Alter. Für einen Augenblick sehen sie zu Muris und Adnan hinüber, dann laufen sie fröhlich kichernd weiter. »Ich hab es verloren«, sagt Muris. »Einfach verloren!« Er räuspert sich. »Ich hab das Zeug gleich am Donnerstag verloren, irgendwo auf dem Weg von Yasin zur Tankstelle da oben.«

»Wo? Die oben am Polizeipräsidium, oder was?«

Muris nickt. »Ja, genau, da hatte ich mir was zu trinken gekauft. Und dann ... ich hab gesucht, wie verrückt, die ganze Nacht, und Freitagnacht auch, aber ich hab es nicht wiedergefunden.« Er stockt, dann schüttelt er den Kopf, der sofort noch heftiger schmerzt. »Und dann sollte ich ja Samstag die Kohle abliefern, aber ... na ja, den Rest weißt du ja.«

Adnan nickt. Klar weiß er den Rest, immerhin war er ja dabei. Yasin war stocksauer geworden, als Muris ihn um Aufschub gebeten hatte. Muris erinnert sich gut an das üble Gefühl, als Gürkan ihn am Arm gepackt und drohend angegrinst hatte. »Du bist einfach abgehauen«, sagt er. »Das war nicht gut, Bruder.«

Muris nickt. Ein schneidender Schmerz durchfährt seinen Kopf, und er spürt, wie ihm ein wenig klebrige Flüssigkeit ins linke Auge läuft. Als er es abzuwischen versucht, ist seine Hand voll Blut.

Adnan legt ihm eine Hand auf die Schulter. »Los, komm«, sagt er. »Ich bring dich ins Krankenhaus.«

Blendi

Blendi lässt Mascha den Vortritt, und sie lächelt, bevor sie vor ihm durch die Tür geht. Das Foyer ist voller Menschen, und er hält sich dezent ein paar Schritte hinter ihr.

Mascha weiß offensichtlich genau, wo sie hinwill; sie mustert die weißen Aufstellwände, die das Café vom Foyer trennen. Sie bleibt kurz stehen und denkt nach, aber dann schüttelt sie den Kopf und geht zielstrebig weiter geradeaus.

»Wohin willst du eigentlich?«, fragt Blendi leise, doch Mascha scheint ihn nicht zu hören. Sie geht einfach weiter, an einer arabischen Großfamilie vorbei, die sich um einen Mann in einem Rollstuhl drängt, dessen Bein in einer Art Streckschiene vor ihm liegt, und Blendi folgt ihr. Gerade, als er sie noch mal fragen will, klingelt sein Telefon, und er zieht es heraus und presst es dicht an sein Ohr, während er hinter Mascha herhastet. »Ja?«

»Edona hier! Na, wo steckst du?«

Blendi ist so erstaunt, dass er langsamer wird. »Ich … äh, ich bin unterwegs … wieso?«

»Na, heute ist doch Zeugnisausgabe. Wie sieht es denn aus bei dir, alles gut? Was ist es geworden – MSA, oder was?«

Jetzt bleibt Blendi stehen, aber nur kurz, denn Mascha biegt schon um die Ecke. Also rennt er ihr hinterher und rempelt dabei fast einen älteren Herrn in Morgenmantel und Schlappen an. »Entschuldigung!«

»Was?«, fragt Edona amüsiert, und Blendi bleibt wieder stehen. Mascha geht weiter geradeaus, die letzten Kopien seiner Zeichnung lässig in der rechten Hand. Zwei oder drei sind es höchstens, den Rest haben sie auf dem Hinweg aufgehängt.

»Also los«, sagt Edona. Sie klingt extrem gut gelaunt, eine Seltenheit in letzter Zeit. »Was ist es denn nun geworden?«

Blendi dreht sich zur Wand, das Handy am Ohr. »Na ja, ich … also, ich hab's in den Sand gesetzt«, sagt er und kneift die Augen zusammen.

»Wie, in den Sand gesetzt? Was heißt das?«

Blendi macht die Augen wieder auf. Vor ihm, an der gemauerten Wand, klebt ein Kaugummi. Ein kleines, graues Kaugummi. Mitten an der Wand. »Den MSA hab ich nicht geschafft. Hat nicht ganz gereicht.«

Edona schweigt einen Moment. »Und was hast du jetzt?«

»Na ja, die erweiterte BBR. Berufsbildungsreife.« Blendi flüstert jetzt fast, und dann muss er komischerweise lachen. Berufsbildungsreife! Nur Loser schaffen den Mittleren Schulabschluss nicht. Oder Leute mit Megaprüfungsangst. Wie er.

Hinter ihm gehen ein paar Leute vorbei, die sich lautstark unterhalten, und Blendi hält sich das freie Ohr zu.

Edona seufzt. »Ach, das ist ja blöd«, sagt sie. »Aber weißt du was? Mama und ich wollen mit dir essen gehen. Auch wenn du durchgefallen bist.«

»Durchgefallen?« Die ungläubige Stimme seiner Mutter ist plötzlich im Hintergrund zu hören. »Blendi?«

»Mama, ich erklär es dir gleich, jetzt warte mal«, beschwichtigt Edona sie, dann lacht sie. »Mensch, Blendi, du Armer«, sagt sie. »Aber ist nicht so schlimm. Beim zweiten Versuch helf ich dir. Oder wir suchen dir gleich eine andere Schule, mal gucken. Und dann machst du da deinen MSA und schickst Mama eine Kopie und gut ist.«

»Wie, schicken?«, fragt Blendi verwirrt. Auf einmal hört er seinen Namen, und als er aufblickt, sieht er Mascha im Türrahmen zum nächsten Gang stehen und ihm zuwinken. Er zeigt auf sein Handy, und Mascha nickt und dreht sich wieder um. »Was hast du gesagt?«, fragt er in den Hörer, und Edona schnalzt mit der Zunge.

»Du musst Mama dein Zeugnis dann schicken, weil sie in den Kosovo zurückgeht. Oder wolltest du mit?«

Blendi ist sprachlos. Für einen Moment weiß er nicht, ob Edona das ernst meint. Aber es scheint so. »Kosovo? Mama?«, fragt er. »Und wir?«

»Wir bleiben hier. Keine Angst, ich kümmer mich noch ein bisschen um dich. Das kriegen wir schon hin.« Im Hintergrund ist wieder die aufgeregte Stimme ihrer Mutter zu hören, und Edona zischt ihr ein paar Worte auf Albanisch zu, um sich dann wieder Blendi zuzuwenden. »Lass uns später reden, ja, Kleiner? Schaffst du das, um sechs beim ›Attila‹ zu sein?«

»Ja«, sagt Blendi, immer noch vollkommen überrumpelt. »Das müsste klappen.«

»Bis dann!« Edona legt auf.

Blendi steckt sein Handy ein und blickt auf. Von Mascha ist nichts mehr zu sehen; langsam folgt er ihr in den nächsten Gang.

Seine Mutter geht zurück in den Kosovo? Ohne ihn?

Der Gedanke fühlt sich merkwürdig an, aber auf eine Art auch gar nicht so schlecht. Merkwürdig eben.

Blendi überholt zwei alte Damen, die ihre Rollatoren steif vor sich herschieben, und weicht einer übergewichtigen Frau aus, die schnaufend um die Ecke kommt. Als er selbst um die Kurve biegt, liegt der Warteraum der Notaufnahme vor ihm. Er ist nur spärlich besetzt, eine türkische Kleinfamilie mit einem quengelnden Dreijährigen sitzt im hinteren Bereich, ein Bauarbeiter in verschmutzter Arbeitskleidung, der sich den Arm hält, hat weiter vorn Platz genommen, daneben ein grimmig aussehender Typ um die zwanzig und zwei Frauen mit Brille, die miteinander tuscheln. Die Tür zum Behandlungsbereich ist geschlossen, und hinter der Glasscheibe der Anmeldung ist niemand zu sehen. Davor steht Mascha und klebt gerade die letzte Zeichnung direkt unter die Scheibe. Blendi geht zu ihr hinüber und stellt sich neben sie. »Mensch, du traust dich was!«

Mascha wirft ihm einen kurzen Blick zu, während sie das Blatt mit schnellen Bewegungen anbringt und das Klebeband wieder in ihrer Tasche verstaut. »Sonst kommt man doch auch nicht weiter«, sagt sie lässig und grinst ihn an. Dann wandert ihr Blick an ihm vorbei zur Tür, die gerade aufgegangen ist, und sie erstarrt. Ein paar Sekunden später lächelt sie. Vorsichtig dreht Blendi sich um. Und dann erstarrt er auch.

In der Tür steht ein Typ, schlank, ein wenig größer als Blendi, mit kurzen, blondierten Haaren und einem großen Pflaster quer über der Stirn. Der Typ sieht Mascha an und lächelt zurück; und in dem Moment, als der Grimmige weiter hinten sich von seinem Stuhl erhebt, fliegt der Blick des Typen mit dem Pflaster weiter zu Blendi, der stocksteif neben Mascha steht.

Das Lächeln ist sofort verschwunden, als er Blendi entdeckt. Der Typ zuckt zusammen. Für einen Augenblick verhaken sich ihre Blicke, dann beißt der Typ die Zähne zusammen und sprintet los, an Blendi und Mascha vorbei, die sich erstaunt nach ihm umdreht.

»He, Muris, warte!«, schreit der Grimmige, und dann rennt er ebenfalls los, hinter seinem Bruder her, denn es ist sein Bruder, er ist der Bruder des Schlägers, das ist unverkennbar, die gleichen scharfen Züge, der gleiche Mund. »Warte, Mann!«

Erst als die beiden um die Ecke verschwunden sind, dreht Mascha sich wieder zu Blendi um. »Was war das denn?« Jetzt ist sie es, die Blendi anstarrt, und Blendi, der immer noch stocksteif dasteht, kann in ihren Augen lesen, dass sie plötzlich begreift.

Mascha

»Mascha! Min Söten! Wie schön, komm rein!«

Mascha fühlt sich unendlich müde, als sie an ihrer Oma vorbei die Wohnung betritt. Und gleichzeitig ist sie völlig überdreht. Sie weiß überhaupt nicht, was sie denken soll.

»Oma«, sagt sie, wirft ihre Tasche auf die Küchenbank und setzt sich daneben. »Oma, ich muss dir was erzählen!«

»Dein MSA?«, fragt ihre Oma neugierig und holt zwei Becher aus dem Schrank.

»MSA? Ja, das auch, war ja klar«, sagt Mascha und wundert sich selbst darüber, wie weit weg die Zeugnisübergabe jetzt erscheint. War das wirklich erst heute Morgen, vor ein paar Stunden? »Nein, Oma, ich habe … ich weiß jetzt, wer der Schläger ist«, sagt sie und stützt den Kopf in die Hände. »Und du kennst ihn auch!«

Ihre Oma stellt die beiden Becher ab. »Was sagst du da?«

»Wir haben ihn gefunden«, sagt Mascha leise, ohne aufzusehen. Die Rillen im weiß lackierten Holz des Küchentisches geben ihr ein beruhigendes Gefühl. Seit sie klein ist, besitzt ihre Oma diesen Tisch, Tausende, vielleicht sogar Zehntausende Male hat Mascha daran gesessen und gespielt, gegessen, geredet, gelacht und auch manchmal geweint.

Wenigstens der Tisch bleibt so, wie er ist.

Und das selbst gebackene Brot mit Salzbutter, das ihre Oma ihr einen Moment später hinstellt. Dann kommt sie mit der Kaffeekanne zum Tisch und schenkt Mascha ein.

»Wir haben ihn gefunden, durch Zufall. Und …«

Ihre Oma setzt sich ihr gegenüber und legt eine Hand auf Maschas. »Jetzt iss einen Bissen, trink einen Schluck und dann erzähl mal in Ruhe.« Langsam zieht Mascha den Teller mit dem

Brot zu sich heran. Es riecht köstlich, und Mascha hat seit heute Morgen nichts mehr gegessen, aber sie hat trotzdem keinen Hunger. »Ich ess gleich, Oma«, murmelt sie und trinkt einen Schluck Kaffee.

Das geht.

Ihre Oma seufzt und lehnt sich zurück. Nachdenklich mustert sie Mascha. »Jetzt erzähl mal. Was ist denn passiert?«

Mascha sucht einen Moment nach den richtigen Worten, aber dann fällt ihr etwas Besseres ein. Sie greift nach ihrer Tasche, zieht die letzte Kopie von Blendis Zeichnung heraus und schiebt sie ihrer Oma hin. »Guck mal.«

Ihre Oma betrachtet blinzelnd die Kopie, dann steht sie wieder auf und holt ihre Lesebrille von der Anrichte. Als sie sich hinsetzt und die Zeichnung genauer ansieht, traut sie ihren Augen nicht. »Das ist Muris!«, sagt sie und blickt auf. »Der junge Mann hier, der unserem Hausmeister hilft!«

Mascha nickt. »Ja«, sagt sie. »Das ist Muris. Ich wusste zwar nicht, wie er heißt, aber das ist er.«

Ihre Oma starrt sie an, dann blickt sie wieder auf die Zeichnung hinunter. **»GESUCHT«**, liest sie leise, dann schüttelt sie den Kopf. »Wer hat diese Zeichnung denn gemacht? Die Polizei?«

»Nein, der Typ, der in der Nacht aus der Tankstelle kam. Der Zeuge. Ich hab – ich hab ihn auf dieser Demo vorgestern getroffen, zufällig, du weißt doch, von der ich erzählt hab?«

Ihre Oma lehnt sich zurück. Aufmerksam sieht sie Mascha an. »Und er hat diese Zeichnung gemacht?«

»Ja«, sagt Mascha, und dann erzählt sie in aller Kürze, was heute passiert ist. Wie Blendi sie besucht hat, wie sie die Kopien gemacht und aufgehängt haben. Und wie sie am Ende auf die Idee gekommen ist, auch eine Zeichnung im Krankenhaus aufzuhängen. Dort, wo auch viele Leute hinkommen. In der Notaufnahme.

»Und dann ist er abgehauen, total schnell. Und sein Bruder – Blendi meint, das sei sein Bruder gewesen, aber ich hab ihn nicht richtig gesehen –, sein Bruder ist hinterhergerannt, und ich … und Blendi, wir sind nicht hinterher. Wir hätten sie eh nicht gekriegt. Wir haben dann die Polizei gerufen.« Sie zieht unbehaglich die Schultern hoch. »Die haben uns erst nicht geglaubt. Aber als sie dann die Ärztin in der Notaufnahme befragt hatten und die sich Blendis Zeichnung von ihm angesehen hat, da waren sie dann gleich ganz anders drauf. Sie haben sofort einen Polizeiwagen zu der Wohnung von seinen Eltern geschickt, aber …« Sie lehnt sich zurück. »Da war er nicht, das hab ich mitgekriegt. Und dann haben sie uns nach Hause geschickt.«

Mascha fröstelt, und sie zieht ihre Strickjacke enger um sich. »Ich fass es nicht, Oma. Das ist so seltsam. Ich meine, ich hab ihn doch ab und zu hier gesehen in letzter Zeit … Ich bin dreimal die Woche an ihm vorbeigegangen, und jedes Mal lächelt er mich an! Und dabei …« Mascha holt tief Luft. »Dabei ist er der Typ, der Lion …« Ihre Stimme versagt, und sie verstummt. Hastig trinkt sie noch einen Schluck Kaffee.

Natürlich weiß sie, dass sie nichts dafür kann, aber sie kommt sich vor wie eine Verräterin. Und gleichzeitig irgendwie ausgenutzt. Als hätte Muris sie mit seinem Lächeln benutzt.

»Wie geht es deinem Freund? Dem Lion?«, fragt ihre Oma vorsichtig.

Mascha blickt auf. Ihre Oma sieht sie liebevoll an, aber auch besorgt. Als wüsste sie genau, was in Mascha vor sich geht.

»Ich weiß es nicht«, sagt Mascha leise. »Ich hab keine Ahnung! Ist das nicht schrecklich, Oma? Dass ich so gar nichts weiß? Wie es ihm geht?«

»Ja«, sagt ihre Oma. »Das ist schrecklich.«

Einen Moment lang wartet Mascha, dass sie noch etwas Tröstendes hinzufügt, aber es kommt nichts.

Für manche Dinge gibt es vielleicht einfach keinen Trost. Manches muss man einfach durchleben. Nehmen.

Für einen Moment schweigen beide, dann zieht Maschas Oma die Zeichnung noch einmal näher zu sich heran. »Mascha«, sagt sie, »wie sicher bist du dir, dass das hier der Schläger ist?«

Mascha runzelt die Stirn. Die Stimme ihrer Oma klingt sehr, sehr ernst.

»Also, ich … ich bin mir gar nicht sicher, ich hab ihn ja nicht gesehen. Aber Blendi ist sich sicher. Absolut.«

»Und der junge Mann auf der Zeichnung ist ganz sicher Muris? Unser junger Freiwilliger hier in der Anlage?«

Mascha nickt. »Doch«, sagt sie. »Hundertpro.«

Als ihre Oma sie fragend ansieht, verbessert sie sich. »Hundertprozentig. Warum?«

Ihre Oma holt tief Luft, dann steht sie auf. »Weil ich weiß, wo er ist«, sagt sie ruhig.

Muris

Sein Herz klopft wie verrückt. Wenn er die Augen schließt, knallen Blitze durch sein Gehirn. Wortfetzen, halbe Sätze, einzelne Wörter.

»Muris! Bleib stehen!«

»Mann!«

Er dreht sich zur Seite, aber das ist nicht gerade klug. Sein Kopf tut so weh, dass er schreien könnte.

Leichte Gehirnerschütterung, hat die Ärztin im Krankenhaus gesagt. Hinlegen. Ruhe.

Ha, Ruhe! Vorsichtig schiebt er sich zurück auf den Rücken. Er spürt, wie ein Rinnsal* langsam an seiner Schläfe hinunterläuft. Beim Laufen hat die Wunde wieder zu bluten begonnen, und auch jetzt, wo er schon mindestens eine Stunde ruhig liegt, auch jetzt noch hat die Blutung nicht wirklich aufgehört. Und der Schmerz ist immer noch da, scharf und klar wie ein Messerschnitt.

Für einen kurzen Moment muss er an den Jungen denken, den er an der Tankstelle niedergeschlagen hat. Koma. Ob man da noch was fühlt, oder was?

Wieder dreht er sich ein wenig zur Seite, um besser zu liegen, aber es ist sinnlos.

* Flüssigkeit, die in einer kleineren Menge irgendwohin fließt.

Sein Blick wandert durch den engen, leicht muffig riechenden Raum. Die überzähligen Gartenmöbel stehen aufgestapelt an beiden Seiten, an den Haken links und rechts neben der Tür hängen die Geräte. Durch die beiden winzigen Fenster zu beiden Seiten des Schuppens fällt schwaches Licht herein. In den Ecken tanzen Spinnweben.

Was jetzt? Was soll er jetzt tun? Er hat nicht den geringsten Schimmer, ob Adnan kapiert hat, weswegen er losgesprintet ist. Vielleicht nicht.

Wenn es gut läuft, beruhigt sich alles wieder, im günstigsten Fall hat dieses Pickelgesicht ihn gar nicht erkannt. Und das Mädchen …

Warum sie ausgerechnet mit dem Pickelgesicht zusammengestanden hat, ist ihm völlig unklar. War das Zufall oder was? Oder kennen die sich?

Und ausgerechnet ihre Oma stand vorhin im Gang, als er zum Innenhof lief. Er hat den Kopf weggedreht und so getan, als hätte er ihren Gruß nicht gehört und als würde er etwas in seiner Jackentasche suchen.

Aber bestimmt hat sie gemerkt, dass irgendwas nicht in Ordnung war.

Ach Quatsch. Alles Paranoia*.

Oder?

Draußen im Hof ist ein Geräusch zu hören, so etwas wie ein Quietschen. Muris setzt sich auf. Um sich im nächsten Moment nach vorn zu krümmen. Sein Magen dreht sich um, und ein paar Sekunden lang muss er würgen, bevor er sich wieder beruhigt.

Vorsichtig legt er sich hin und schließt die Augen. Die Bilder kommen sofort. Das fassungslose Gesicht seiner Mutter. Amra, die sich an ihn schmiegt. Elvirs misstrauischer Blick: »Bist du das auf dem Bild?«

* Psychische Störung, für die gesteigertes Misstrauen, Verfolgungswahn oder Wahnvorstellungen typisch sind.

Irgendwie ist alles außer Kontrolle geraten. In den letzten Tagen. Oder hat es schon früher begonnen, viel früher sogar? Wieder ein Geräusch im Hof, näher jetzt.

Er könnte aufstehen und nachsehen. Aber stattdessen bleibt er still liegen. Kann ja nichts passieren. Der Schlüssel steckt schließlich von innen im Schloss.

Keiner weiß, dass er hier ist. Außer, es hat ihn jemand hier reingehen sehen. Aber das glaubt er nicht. Nein, das glaubt er nicht. Das kann nicht sein.

Plötzlich ein Knall. Nein, kein Knall, ein Schlag an die Tür, gefolgt von einem weiteren. Und dann eine Stimme.

»Polizei. Aufmachen, bitte!«

Erstarrt liegt er da und wagt nicht zu atmen. Vor seinen Augen bilden sich schlierige* Kringel.

»Machen Sie bitte auf!«

Auf einmal ist Muris eiskalt. Er spürt, wie sich an seinen Armen eine Gänsehaut bildet. Vor Schreck ist er vollkommen starr.

»Wir kommen jetzt rein!«

Muris liegt immer noch wie erstarrt da. Dann macht er einen zittrigen Atemzug.

Für einen Moment ist alles ganz still, dann bricht die Hölle über ihn herein. Ein ohrenbetäubender Knall ertönt, Splitter fliegen, die gestapelten Gartenmöbel geraten ins Wanken, stürzen um, direkt auf ihn und die schwarzen Gestalten, die sich gerade hereinzwängen. Muris liegt stocksteif da, er kann sich nicht mehr bewegen, mit aufgerissenen Augen starrt er auf die Waffen in der Hand der Polizisten, die jetzt auf ihn zustürmen. Ein Griff, dann liegt er auf dem Bauch, seine Nase wird unsanft in den Dreck gepresst, der sich in den Jahren auf dem Boden des Gartenschuppens angesammelt hat. Muris bekommt keine Luft und stöhnt auf, jemand drückt ihm das Knie in den Rücken. »Keine Bewegung!«, ruft eine Stimme. Seine Hände werden nach hinten gerissen,

* Verschwommen.

jemand zerrt an ihm, zerrt an seinen Armen und seinen Beinen.

»Keine Bewegung!«

Muris liegt still. Keine Bewegung.

Etwas läuft ihm in die Augen. Blut oder Tränen? Oder blutige Tränen.

Langsam schließt er die Augen.

Keine Bewegung.

Blumen
Da ist ein Duft, das sind Blumen, oder?
Mir ist schlecht. Im Bauch. Aber auch im Kopf.
Schlecht.
Stimmen. Eine Frauenstimme, ein Junge.
Mama! Und Joel!
Mir ist nicht gut. Mama, mir ist nicht gut.
Weiche, warme Arme, Mama.
Joel sieht komisch aus, warum siehst du so komisch aus?
Warum siehst du mich so komisch an?
Doch, und ich möchte, möchte jetzt hochkommen und mich hinsetzen! Möchte ich!
Aua.
Gut, dann lege ich mich wieder hin. Gleich rede ich mit euch beiden, aber noch einen Moment, ja, ich muss mich ein bisschen ausruhen, glaube ich.
Mein Kopf ist wie in Watte gepackt. Ich sehe ein bisschen verschwommen. Ich mach die Augen lieber wieder zu.
Mamas Hand ist weich. Fast so wie ... Mascha! So heißt sie.
Mascha!
Die beiden gucken mich so ratlos an, das gibt es doch gar nicht.
Aber ich hatte auch noch nichts von ihr erzählt. Dazu kam ich ja gar nicht. Ich bin aber mit ihr verabredet, heute ... oder? Morgen?
Nein, heute. Wir gehen auf die Party.
Ist heute Samstag?

6 FAST VIER MONATE DANACH

Blendi

Blendi ist aufgeregt, als er aus dem Zeugenstand tritt. Er spürt die Blicke der Zuschauer; vorne in der ersten Reihe sitzt Lions Familie: sein Vater, sein kleiner Bruder und noch ein paar männliche Verwandte, von denen einige eine Kippa tragen. Lion selbst ist natürlich nicht gekommen, wie auch? Er ist immer noch in einer Rehabilitationsklinik für Schädelverletzte in Kladow. Es soll ihm angeblich schon viel besser gehen, Genaueres weiß Blendi nicht. Lions Familie hält sich bedeckt, aber das kann Blendi verstehen.

Mit großen Schritten geht Blendi auf die Tür zu. Er versucht, nicht zum Schläger hinüberzusehen, aber dann kann er es doch nicht verhindern. Ganz automatisch schwenkt sein Blick nach links, am Anwalt des Schlägers vorbei, der mit undurchdringlichem Gesicht auf seine Unterlagen starrt, zum Schläger selbst, der hoch aufgerichtet neben ihm auf der Bank sitzt.

Er sieht Blendi an, natürlich sieht er Blendi an. Mit dunklen Augen unter dem dunklen Haar. Sein Blick ist klar und erstaunlich ruhig; erst ein bisschen später, draußen im Flur, auf der harten, unbequemen Sitzbank, wird Blendi klar, dass er genickt hat. Das heißt, er selbst hat genickt, er hat dem Schläger zugenickt, und der wiederum hat kaum merklich zurückgenickt.

Blendi stützt die Ellenbogen auf den Oberschenkeln auf, verschränkt die Hände zwischen den Beinen und betrachtet seine abgetragenen Winterstiefel.

Dieses Nicken – was sollte das eigentlich bedeuten? Sein eigenes ist ihm schon klar: ein Verlegenheitsnicken. Vielleicht sogar ein beschwichtigendes. Oder auch ein bisschen ein Verbrüderungsnicken. Immerhin stammen sie beide vom Balkan.

Hat Blendi damals sofort gesehen, dass der Typ kein Araber und auch kein Türke ist. Sondern sozusagen ein Landsmann.

Muris heißt er, Muris Kapetanovic. Geboren in Karanovac nahe Banja Luka, Bosnien-Herzegovina. Im Alter von drei Monaten ist er mit seinem drei Jahre älteren Bruder und seinen Eltern – die als anerkannte Kriegsflüchtlinge schon vorher einige Jahre in Berlin gelebt und in Bosnien einen Neustart versucht hatten – nach Berlin umgezogen. Als er zwei Jahre alt war, trennten sich die Eltern; mit ihrem neuen deutschen Ehemann hat seine Mutter zwei weitere Kinder bekommen. In der Grundschule war Muris unauffällig, aber in der Oberschule gab es erste Verhaltensauffälligkeiten. Er hat die Schule nach der zehnten Klasse ohne Abschluss verlassen. Im Januar wurde er zu vierzig Stunden Sozialdienst wegen Körperverletzung verurteilt.

Blendi kennt Muris' Werdegang fast auswendig. Kein Wunder, die Zeitungen sind jetzt, anlässlich der Gerichtsverhandlung, wieder voll davon. Muris' und Lions Fotos sind überall zu sehen, meistens werden sie direkt nebeneinander abgebildet. Komisch eigentlich. An Lions Stelle würde Blendi das total stören.

Auf einmal sind Schritte zu hören, und Blendi hebt den Kopf. Hinten, am Ende des Flurs bei den Fahrstühlen, ist ein Mädchen in einer blauen Daunenjacke aufgetaucht, ein Mädchen mit blonden, ziemlich kurzen Haaren. Blendi spürt förmlich, wie ihm das Grinsen den Mund auseinanderzieht, während er aufsteht.

»Tabea!«, ruft er, und Tabea winkt und kommt direkt auf ihn zu. Ohne zu zögern, umarmt sie ihn, und Blendi drückt sein Gesicht in ihr weiches Haar und genießt für einen langen Moment ihre Wärme, bevor sie ihn wieder loslässt.

»Warst du schon dran?«, fragt sie und zieht ihre Jacke und ihren Schal aus, und er nickt.

»Ja, gerade eben. Eigentlich kann ich gehen. Aber ich warte noch bis zur Urteilsverkündung. Kann noch dauern.«

»Dann warte ich eben mit«, sagt Tabea und lässt sich neben ihn auf die Bank fallen.

Blendi mustert sie von der Seite, dann muss er wieder grinsen, aber diesmal in sich hinein. »Was machst du denn hier?«, fragt er.

»Hast du nichts … also, hast du nichts Besseres zu tun an deinem ersten Ferientag, oder was?«

Tabea bläst sich eine kurze Strähne aus der Stirn und lächelt ihn an. »Nein«, sagt sie. »Hab ich nicht. Das hier ist jetzt das Beste, was ich machen kann. Finde ich!«

Blendi nickt. Das Grinsen ist jetzt auf seinen Lippen wie eingemeißelt.

»Wie ist es denn gelaufen?«, fragt Tabea und sieht Blendi mit hochgezogenen Brauen an. Ihre Wangen sind noch gerötet von der Kälte draußen. Echt niedlich sieht sie aus; komisch, dass Blendi das früher nicht so gesehen hat. Wie konnte er stattdessen nur Nina gut finden? »Hallo? Blendi?«

Blendi schreckt zusammen. »Äh, okay«, sagt er. »Also, ich musste alles noch mal erzählen, und dann haben sie mich wieder rausgeschickt. Ging eigentlich schnell.« Er zuckt mit den Schultern. »Und jetzt ist Mascha drin.«

Tabea nickt und betrachtet ihn noch einen Moment lang und nimmt seine Hand.

Blendi zuckt zusammen, dann entspannt er sich wieder. Tabeas Hand in seiner ist warm und trocken; ihre Haut fühlt sich weich an, extrem weich sogar. So weich, dass es ihm eine Gänsehaut macht.

Schweigend sitzen sie da. Sie sind beide total schüchtern, das braucht wohl noch ein bisschen, überlegt Blendi. Klar, zwischendurch haben sie sich nicht so oft gesehen. Nach dem MSA war Tabea erst mal vier Wochen im Urlaub, und als sie zurückkam, war Blendi dann eine Weile im Kosovo, um seiner Mutter beim Umzug zu helfen.

Aber jetzt haben sie ja mehr Zeit, sich zu sehen.

»Was haben sie dich denn gefragt?« Tabea lehnt ihren Kopf an seine Schulter.

»Na ja, wie das abgelaufen ist. Ich hab das erzählt, was ich schon zig Mal erzählt hab.«

»Und der Typ saß still da und hat zugehört?«

Blendi nickt. Ja, das hatte er. Vollkommen still. Fast reglos. Genau wie seine Mutter. Jedenfalls nimmt Blendi an, dass die schlanke Frau in der ersten Reihe seine Mutter war. Und der Typ daneben sein älterer Bruder. Der damals auch mit in der Notaufnahme war, als Mascha und er die Zeichnungen aufgehängt hatten.

Letztendlich hatte seine Zeichnung ja tatsächlich dazu geführt, dass sie den Schläger geschnappt hatten. Obwohl die Haarfarbe nicht gestimmt hat. Jetzt aber wieder. Das Blond ist rausgewachsen, der Schläger hat wieder dunkle Haare, nur ein bisschen länger.

Muris. Muris heißt er.

Komisch, seinen Namen zu kennen. Das macht ihn weniger bedrohlich.

Ein Signalton reißt ihn aus seinen Gedanken, und vorsichtig, damit Tabea sich nicht von ihm wegbewegt, zieht er sein Handy aus der Tasche und sieht nach.

»Was denn?«, fragt Tabea neugierig.

»Mein Vater will mich treffen«, sagt Blendi und steckt das Handy wieder ein.

»Willst du ihm nicht antworten?«

»Später«, sagt Blendi und streichelt die weiche Haut an der Innenfläche ihrer Hand. Wow, wirklich unglaublich weich.

»Will er immer noch wieder bei euch einziehen?«, fragt Tabea und schiebt ihren Kopf noch dichter an seine Schulter.

»Klar, aber ich glaub, er hat keine Chance. Edona ist eisenhart. Sie hat nicht vor, den reuigen* Sünder wieder aufzunehmen, sagt sie immer. Bevor er bei unserer Mutter nicht auf die Knie gefallen ist, läuft gar nichts.« Blendi muss lächeln. Edona ist wirklich cool! Seit ihre Mutter weg ist, hat sie das Zepter in die Hand genommen**. Sie ist jetzt wieder viel öfter zu Hause, hat Blendi das gemeinsame Zimmer überlassen und ist selbst ins Elternschlafzimmer gezogen. Und sie hat Blendi einen genauen Plan gemacht, mit seinen täglichen Aufgaben und auch, was er in

* Seine Schuld bedauern/bereuen.
** Die Führung übernehmen.

Sachen Schule zu tun hat. Manchmal streiten sie sich deswegen, aber insgeheim ist Blendi seiner Schwester echt dankbar. Sie hat sogar dafür gesorgt, dass er noch auf die Berufsfachschule nachrücken durfte, obwohl er schon zwei Monate des neuen Schuljahres verpasst hatte. Sie hat einfach nicht lockergelassen. Schon cool.

Wenn er den MSA endlich in der Tasche hat, geht er vielleicht zur Polizei. Mal sehen, vielleicht kann er Phantombilder zeichnen oder so.

»Und, wie ist es jetzt, ohne deine Mutter?«, fragt Tabea, als hätte sie seine Gedanken gelesen.

»Schon okay«, sagt Blendi und ist froh, dass sie sein Gesicht nicht sehen kann.

Im selben Moment löst sie sich von seiner Schulter, setzt sich aufrecht hin und sieht ihn an. »Schon okay?«

Er zuckt mit den Schultern. »Klar, auch komisch. Aber ich weiß auch nicht, irgendwie ...« Er zögert. Es fällt ihm schwer, seine Gedanken in die richtigen Worte zu fassen.

Klar vermisst er seine Mutter, und es ist schon merkwürdig, jeden Morgen aufzuwachen und zu wissen, dass er wahrscheinlich nie wieder mit ihr zusammenleben wird. Aber ihr geht es gut im Kosovo, das hat er gesehen. Ist ja auch ihr Zuhause. Und Blendis Zuhause ist eben Berlin.

Alles ist jetzt anders, alles hat sich verändert. Aber irgendwie fühlt es sich gut an. Ungewohnt, aber gut.

»Ist wirklich okay«, sagt er ruhig und fasst sich ans Kinn. Dann lässt er die Hand wieder sinken. Sein Kinn ist fast pickelfrei, und er wird sich bemühen, dass das so bleibt. Tabea lächelt, lehnt sich an ihn und atmet aus.

Blendi sitzt still da und schließt die Augen. Aus dem Gerichtssaal ist ganz leises Gemurmel zu hören, an seiner Seite atmet Tabea.

So kann es ruhig noch ein bisschen bleiben. Macht gar nichts, wenn die Verhandlung noch dauert.

»Das ist alles«, sagt Mascha. »Also, ich meine, mehr hab ich nicht gesehen.« Ihre Stimme klingt ein bisschen zittrig.

Die Richterin nickt, und der Staatsanwalt lächelt Mascha kurz zu und dreht sich dann zu seinem Tisch um. Muris' Anwalt blättert in seinen Unterlagen.

»Die Zeugin ist entlassen«, sagt die Richterin und nickt Mascha erneut zu. Mascha steht auf, nimmt ihre Winterjacke und geht die paar Schritte zu ihrer Oma hinüber, die in der zweiten Reihe sitzt, neben Isi, die Mascha aufmunternd zuzwinkert. Mascha ist froh, dass die beiden mitgekommen sind; irgendwie tut ihr das gut, dieser Beistand.

Vorsichtig setzt sie sich auf den freien Stuhl zwischen den beiden und atmet tief durch. Isi lächelt ihr zu, und ihre Oma streichelt kurz ihre Schulter und sieht dann wieder aufmerksam nach vorn, wo der Staatsanwalt jetzt mit dem Richter flüstert.

Komisch, aber die Aussage hier vor Gericht hat Mascha wirklich zugesetzt. Als sie in den Zeugenstand getreten ist, hat sie richtig gezittert, und bei ihrem eigenen Namen hat sie sich sogar zweimal versprochen. Aber dann hat ihr der Typ, auf den sie damals so losgegangen ist, der Ersthelfer, total nett zugelächelt, und die Richterin war so freundlich, dass sie sich gleich besser gefühlt hat. Trotzdem, ihr ist ein bisschen übel. Als ihre Oma ihre Hand nimmt und drückt, zieht sie langsam die Luft ein.

Ohne dass sie es vermeiden kann, geht ihr Blick zu Muris hinüber, Muris Kapetanovic, dem Schläger. Er sitzt sehr gerade da, mit undurchdringlicher Miene, die Augen auf die Wand gegenüber gerichtet. Für einen Moment tut er ihr leid; er sieht so jung aus, jung und fast ein bisschen sensibel; wenn sie es nicht besser wüsste, würde sie nie vermuten, dass er bereits zum zweiten Mal wegen Körperverletzung vor Gericht steht.

Wenn sie ihn so auf der Straße sehen würde, fände sie ihn einfach nur ziemlich gut aussehend. Irgendwie süß sogar.

So war es ja auch: Sie hat ihn gut aussehend und irgendwie süß gefunden, jedes Mal, wenn sie sich im Betreuten Wohnen gesehen haben. Nicht umsonst haben sie sich angelächelt bei jeder Begegnung.

Er sieht überhaupt nicht aus wie ein Schläger. Aber er ist einer.

Plötzlich, als ob er spürt, dass sie ihn ansieht, wandert sein Blick zu ihr hinüber, aber nur ganz kurz, dann sieht er schnell wieder weg.

Mascha guckt auch weg, auf ihre Hände. Am linken Daumen ist der Nagellack ein wenig abgeblättert. Am kleinen Finger auch. Das muss sie morgen noch neu machen.

Lion sei schon fast wieder der Alte, hat sein Vater zu ihr gesagt, am Telefon. Sein Vater, der jetzt schräg vor ihr sitzt, in der ersten Reihe, neben Lions kleinem Bruder und zwei seiner Onkel.

Lion hat Mascha angerufen, vor einem Monat ungefähr. Seine Stimme klang ein bisschen langsam und etwas gedämpft, aber trotzdem hat sie Herzklopfen bekommen.

Ob sie ihn mal besuchen komme?

Als sie Ja sagte, hat er gelacht, und das Lachen klang tatsächlich fast wie ein typisches Lion-Lachen.

Morgen fährt sie ihn besuchen, das erste Mal. Das erste Mal nach fast vier Monaten. Sven, der neue Freund ihrer Mutter, fährt sie hin. Ihre Mutter kennt ihn jetzt drei Wochen. Sie kommt natürlich auch mit und geht mit Sven Kaffee trinken in der Zeit. Ihre Mutter verbringt jede freie Minute mit Sven. So wie jetzt gerade auch.

Mascha sieht wieder zu Muris hinüber.

In seinem Gesicht arbeitet es. Nicht zu glauben, wie harmlos er aussieht. Und auch ein bisschen verletzlich. Ob ihm das Ganze leidtut?

Mist, so will sie gar nicht denken. Sie will nicht für ihn denken. Oder gar Mitleid empfinden. Das hat er nicht verdient! Der Staatsanwalt vorne redet irgendetwas, und ein Raunen geht durch den Saal. Mascha hat keine Ahnung, worum es geht, und vorsichtig dreht sie sich um und mustert die Leute, die hinter ihr sitzen.

Ein paar neugierige ältere Damen, ein junges Pärchen, mehrere Typen mittleren Alters, die mitschreiben. Journalisten vielleicht?

Und viele Leute mit dunklen Haaren. Unter anderem eine Frau, die Muris sehr ähnlich sieht, abgesehen davon, dass sie helle Augen hat und er dunkle. Daneben hockt der Typ, den sie im Krankenhaus mit ihm gesehen haben, der ihm hinterhergelaufen ist. Ein bulliger Typ, aber die Familienähnlichkeit ist auch bei ihm deutlich zu erkennen.

Plötzlich fühlt sie sich eingeengt: vor ihr Lions Familie, hinter ihr die Familie von Muris, und sie und ihre Oma dazwischen. Und draußen sitzt Blendi. Sie alle sind miteinander verbunden, auf eine seltsame Art. Unfreiwillig und doch unauflöslich. Über fünf Ecken, sozusagen. Ein komisches Gefühl.

Unruhig rutscht Mascha auf ihrem Stuhl nach vorn.

»Was ist denn?«, fragt Isi leise.

»Ich glaub, ich muss mal raus«, sagt Mascha und steht auch schon auf.

Sie spürt die Blicke der Leute im Saal, als sie schnell auf die Tür zugeht, sie einen Spalt öffnet und sich hindurchzwängt. Als sie sie leise zuziehen will, misslingt ihr das, mit einem lauten Knall fällt die Tür ins Schloss.

Blendi, der auf der Bank gegenüber vom Eingang sitzt, blickt erschrocken auf, und das Mädchen neben ihm auch. Sie kommt Mascha bekannt vor, aber im Moment hat sie keine Ahnung, wo sie sie hinstecken soll*.

»Ist es zu Ende?«, fragt Blendi, und Mascha zieht ihre kurze Daunenjacke enger um sich und geht zu ihm hinüber.

»Nee. Ich hab bloß … ich halte es da drin irgendwie nicht mehr aus.« Unschlüssig bleibt sie stehen.

»Verstehe ich«, sagt Blendis Freundin und nickt, und Blendi lächelt Mascha an. Er ist echt ein lieber Typ, total nett. Mascha ist froh, ihn zu kennen. In den vergangenen Monaten haben sie sich richtig angefreundet und einiges miteinander unternommen. Sie

* Umgangssprachlich: Woher sie sie kennt, wo sie sie einordnen soll.

haben viel über Lion und diese Geschichte gesprochen, und auch sonst können sie gut miteinander reden. Nur über eins nicht: die Geschichte mit Maschas Mutter und Blendis Vater. Zum Glück hat das nicht lange gedauert, nur ein paar Wochen.

Ohne dass sie darüber gesprochen haben, wissen sie, dass sie froh sind. Es wäre anders, wenn die beiden zusammengeblieben wären. Irgendwie hätte das zwischen Mascha und Blendi gestanden.

»Kann ich bei euch warten?«, fragt Mascha.

»Klar!« Blendi nickt und lächelt, und er und seine Freundin rücken ein Stück zur Seite und nehmen ihre Jacken hoch. Mascha setzt sich neben Blendi, lehnt den Kopf an die Wand und schließt die Augen.

Für einen Moment sieht sie wieder Lions Gesicht vor sich. Sein weißes, weißes Gesicht. Die blutgetränkten kurzen Rastalocken. Die rote Lache unter seinem Kopf, die sich langsam weiter ausbreitet.

Mascha schüttelt den Kopf und schlägt die Augen wieder auf.

»Jetzt kann es aber nicht mehr lange dauern«, sagt Blendi.

Muris

Er sitzt ganz still da, auf seinem Stuhl. Den er nicht spürt. Er könnte gar nicht sagen, worauf er eigentlich sitzt.

Überhaupt spürt er fast nichts. Nur eine Art Hunger, aber das ist natürlich Einbildung. Es ist eher ein hohles Gefühl im Bauch, wie ein Loch, das sich von innen weiter ausbreitet und ihn vielleicht komplett aushöhlt.

Aber wenn, dann ist es auch egal.

Vorne redet der Staatsanwalt immer noch leise mit der Richterin, und die Frau daneben, die Sekretärin oder was, tippt auf ihrer Schreibmaschine. Neben Muris blättert sein Anwalt in den Unterlagen, das macht er schon die ganze Zeit, vornübergebeugt sieht er in seine Akte, wahrscheinlich, damit er nicht mit Muris sprechen und auch die Leute im Saal nicht ansehen muss.

Muris kann sie auch nicht ansehen, die Leute im Saal. Vor allem seine Mutter nicht. Sie sitzt weiter hinten, in der vierten Reihe, ganz steif und still. Als Muris hereingeführt wurde, hat er sie sofort entdeckt. Sie hat ihn angesehen, ernst und trotzdem liebevoll, und in ihren Augen lag so viel … so viel Traurigkeit, dass Muris ganz schlecht geworden ist. Er hat versucht zu lächeln, aber das hat nicht geklappt. Adnan, der neben ihrer Mutter sitzt, hat den Daumen gehoben und ihm zuversichtlich zugelächelt, das hat Muris gutgetan.

Er ist so froh, dass Adnan hinter ihm steht. Unglaublich froh. Adnan besucht ihn alle zwei Wochen in der Untersuchungshaft. Einmal war Ferhat mit dabei. Und zweimal seine Mutter. Sie hat aber kaum was geredet, sondern beim ersten Mal nur leise geweint, das war schrecklich. Beim zweiten Mal hat sie ihn gefragt, warum er das getan hat. Muris hat keine Antwort gehabt.

Hat er immer noch nicht.

Tata will ihn nicht mehr sehen, Tata ist total enttäuscht von ihm. Und Elvir und Amra, hat Adnan gesagt, sind völlig geschockt. Adnan hat so Andeutungen gemacht, dass die beiden in der Schule Stress haben deswegen. Wegen dem, was Muris getan hat.

Er hofft, dass sie ihn jetzt nicht hassen. Aber das kann er erst wirklich rausfinden, wenn sie ihn besuchen. Wenn sie überhaupt wollen. Und wenn Tata sie lässt. Adnan sagt, das wird schon.

Nur ein Fausthieb, mehr nicht. Und der hat gereicht.

So viele Leute, die ihn jetzt hassen: Tata, Elvir vielleicht, vielleicht sogar Amra, die Familie des Typen, die vorn in der ersten Reihe sitzt – ohne die Mutter, weil die das alles nicht ertragen kann, hat sein Anwalt gesagt.

Der Typ hat auch einen kleinen Bruder.

Juden sind das, tatsächlich Juden. Obwohl er das nur einfach so gesagt hat: Du Jude! War nur ein Spruch. War nur ein Schlag.

Mist.

Die ganzen Gaffer hier im Saal hassen ihn auch. Die Zeugen – der eingebildete Typ, der angeblich getankt und alles gesehen hat, und der picklige, mickrige Loser. Obwohl, so picklig sah er jetzt gar nicht mehr aus. Aber ein Loser ist er trotzdem. Hat kaum die Zähne auseinandergekriegt.

Und das Mädchen natürlich, das hasst ihn garantiert auch. Ausgerechnet das Mädchen, das niedliche Mädchen aus dem Betreuten Wohnen.

Das ist echt nicht zu fassen, genau das Mädchen ist die Freundin von dem Typen, den er … geschlagen hat.

Ihre Oma ist auch hier, Frau Kull. Sie war immer freundlich zu ihm, total nett. Jetzt hasst sie ihn auch. Sie starrt ihn die ganze Zeit an, fast ununterbrochen.

Alle hassen ihn, bestimmt hasst ihn sogar die Gerichtsschreiberin, der Staatsanwalt sowieso, ist doch sein Beruf, Verbrecher hassen. Typen wie ihn, die nur Scheiße bauen. Wie das klang, als sie seinen Lebenslauf vorgelesen haben. Wie das Letzte.

Bestimmt hasst ihn sogar sein eigener Anwalt, der ihm nie in die Augen gucken kann.

Nur Adnan nicht.

Und seine Mutter vielleicht auch nicht.

Seine Mutter sieht ihn die ganze Zeit an, das spürt Muris, unentwegt, so, als müsste sie sich sein Gesicht einprägen, weil sie ihn nie wiedersehen wird oder so, aber das stimmt ja gar nicht. Klar wird er eine Haftstrafe bekommen, aber höchstens zwei oder drei Jahre, hat sein Anwalt gesagt.

Zwei oder drei Jahre!

Eine Ewigkeit.

Volljährig im Knast zu werden, das ist doch echt bescheuert.

Plötzlich wird ihm klar, dass jemand ihn etwas gefragt hat, denn die Richterin, der Staatsanwalt, die Leute im Saal, alle sehen ihn an.

Sein Anwalt beugt sich zu ihm. »Ob du noch etwas sagen willst«, sagt er leise.

Muris spürt, wie ihm die Hitze ins Gesicht steigt. Ja, das haben sie besprochen, sein Anwalt und er. Dass er aufstehen und sich entschuldigen soll. Sagen, dass es ihm leidtue und dass er nicht wisse, was in ihn gefahren sei.

Aber das kann er nicht.

Er kann nicht aufstehen.

Er kann auch nichts sagen.

Nicht, wenn alle ihn ansehen.

»Muris«, flüstert sein Anwalt, ohne ihn anzusehen. »Steh bitte auf. Sag es.«

Muris sieht auf die Tischplatte vor sich. Eine neue Tischplatte, fast ohne Kratzer. Weiß. Oder eher elfenbeinfarben.

»Nein«, sagt er auf die Tischplatte hinunter.

Gelb und Weiß. Das sind Blumen. Margeriten. Eigentlich blühen die um diese Zeit gar nicht mehr. Die sind bestimmt aus Holland oder so. Zuchtblumen. Was für ein Wort!
Papa hat angerufen. Er war total aufgeregt. Voll aufgebracht: »Drei Jahre hat er nur bekommen!« Papa findet das viel zu wenig. Wenn es nach ihm ginge, würde der Typ für immer im Knast verschwinden.
Aber ich weiß nicht. Drei Jahre – das ist eine lange Zeit, finde ich. Bei guter Führung kommt er nach zwei Dritteln raus, macht zwei Jahre. Minus vier Monate Untersuchungshaft, also nach zwanzig Monaten. Fünfmal so lange, wie ich im Krankenhaus bin, die Reha miteingerechnet.
Aber in zwei Wochen komm ich nach Hause. Und morgen kommt Mascha mich besuchen.
Mascha. Ich weiß gar nicht mehr, wie sie sich anfühlt. Bis auf die Lippen. Die kann ich immer noch spüren.
Ich glaube, Papa ist so sauer, weil der Typ sich nicht entschuldigt hat oder so. In den ganzen Wochen, die ich jetzt hier bin, hat Papa bei jedem Telefonat gefragt, ob er eventuell geschrieben hat. Geschrieben!
Natürlich nicht. Hey, wer schreibt denn noch?
Mascha sagt, sie muss mir einige voll schräge Sachen erzählen. Dass ihre Oma den Typ sogar kannte, und Mascha hat ihn wohl auch vorher schon mal gesehen. Und dieser andere, der auch dabei war – aber ich kann mich absolut null an den erinnern –, dieser andere, dessen Vater hatte was mit Maschas Mutter oder so. Ich hab das nicht richtig kapiert, aber egal, das kann sie mir ja noch mal in Ruhe erzählen.
Ihre Stimme klang total weich. Und auch irgendwie fremd. Aber ich kling ja selber fremd. Wenn ich rede.
Ich weiß gar nicht mehr, wer ich bin. Bin mir selber fremd. Total schräg eigentlich. Aber auch cool: Hey, ich lern mich selbst kennen. Die Begegnung meines Lebens: mit mir selbst. Wow! Mein Kopf tut weh. Ein bisschen. Manchmal denke ich, das ist die Stahlplatte,

aber die Ärzte sagen, das kann nicht sein. Das seien nur die Nachwirkungen, ganz normal.

Ab und zu hab ich noch Ausfälle. Erinnere mich nicht oder falsch, finde Wörter nicht, sowieso, Reden geht immer noch langsam.

Rennen kann ich auch noch nicht wieder. Gehen schon, langsam, aber ich muss nicht mehr gestützt werden. Angeblich soll das alles wiederkommen. Dauert nur.

Ich setze wahrscheinlich gleich ein ganzes Jahr mit der Schule aus.

Papa und Mama spielen mit dem Gedanken, nach Israel zu gehen. Auszuwandern.

Aber das will ich nicht. Und Joel auch nicht. Der findet die Idee einfach nur krass. Was sollen wir denn in Israel?

Was komisch ist: dass ich jetzt hier sitze, ganz ruhig. Vorher war ich immer in Bewegung. Hüpfer war mein zweiter Vorname.

Ob das auch wiederkommt?

Ich weiß gar nicht, ob ich ihm verzeihen kann oder nicht.

Das ist irgendwie alles so weit weg, liegt so weit zurück.

Ich guck lieber, was kommt.

Morgen zum Beispiel.

Nachwort

Ein Junge wird ins Koma geprügelt. Das ist die Ausgangslage dieses Romans.

Doch während man zu Beginn vermuten könnte, dass nun eine kriminalistische Spurensuche folgt, zeigt sich im weiteren Verlauf die Tiefgründigkeit der verschiedenen Handlungsstränge. Die Hauptfiguren sind alle direkt oder indirekt von Gewalt betroffen. Diese Gewalt reicht von Liebesentzug durch Familienmitglieder über Mobbing in der Schule bis hin zu körperlicher Gewalt, die in Lions Koma gipfelt. Dabei wird auch Sprache zur Gewaltanwendung genutzt. Schwulenfeindliche Beleidigungen sind ebenso alltäglich wie judenfeindliche (antisemitische) Äußerungen.

Wir erleben Jugendliche auf der Suche nach ihrer eigenen Identität, die einerseits den Herkunftsländern und Traditionen ihrer Familien verpflichtet sind, andererseits mit den tradierten Stereotypen, Mustern, die sie von der Gemeinschaft übernehmen, immer weniger anzufangen wissen und diese sinnentleert verwenden, wenn sie zum Beispiel antisemitische Äußerungen machen.

Antisemitismus

»*Mensch, die Juden sind Kindermörder! Schmeißen Bomben auf unseren Nachwuchs.*« (S. 104) Hassan sagt diesen Satz voller antisemitischer Vorurteile, als er Muris überreden will, die angekündigte Demo aufzumischen. Murat hält ihm entgegen, dass Hassans »*Sippschaft*« im Libanon oder Deutschland zuhause sei, die beschriebenen Bomben diese also nicht treffen könnten.

Die Behauptung, dass Juden Kindermörder seien, existiert bereits seit dem Mittelalter und ist auch als Ritualmordlegende bekannt. Dieser Legende zufolge würden Juden in der Osterzeit kleine Kinder töten und deren Blut trinken. Doch warum hält sich diese Legende bis in die Gegenwart? Der wohl wichtigste Punkt hierfür ist der Nahostkonflikt. Im Nahostkonflikt geht es um einen historischen Streit zwischen Israelis und Arabern, genauer darum, wem die Region Palästina gehört. Nach dem

Zweiten Weltkrieg gründeten die Juden im Jahr 1948 auf diesem Gebiet den Staat Israel, der ihnen die Möglichkeit zu einem Leben in Sicherheit vor Antisemitismus und Verfolgung bieten sollte. Viele, meist muslimische Araberinnen und Araber wurden aus diesem Grund aus Palästina vertrieben, was zu einem ausgedehnten Konflikt zwischen Israel und den arabischen Nachbarstaaten führte, der auch mehrere Kriege zur Folge hatte. Der Nahostkonflikt ist bis heute ungelöst und fordert immer wieder Todesopfer.[1]

In Europa wurden während der Shoah mehr als sechs Millionen Menschen jüdischen Glaubens ermordet. Die Nationalsozialisten hatten es sich zum Ziel gesetzt, das Judentum vollständig zu vernichten. Zwischen 1941 und 1945 wurden Jüdinnen und Juden systematisch verfolgt und ermordet. Die Nazis bezeichneten dieses Vorgehen mit dem Tarnbegriff »Endlösung der Judenfrage«. Der Massenmord an den europäischen Jüdinnen und Juden wurde durch die Errichtung der Vernichtungslager vorangetrieben. Im größten Vernichtungslager Auschwitz-Birkenau wurden ca. eine Million Menschen jüdischen Glaubens ermordet, die meisten von ihnen starben in den von den Nazis eigens errichteten Gaskammern am Giftgas Zyklon B.

Der nach dem Krieg gegründete Staat Israel sollte ein sicherer Ort für alle Jüdinnen und Juden sein, die in das Land einwandern können, egal, in welchem Land sie geboren wurden und leben.

Um ihre Ablehnung des Existenzrechts Israels zu unterstützen, wählen die Gegner des Staates Israel zum Beispiel auf Demonstrationen die Parole »Kindermörder Israel« zur Beschriftung von Plakaten. Sie verweisen dabei einerseits auf Kinder und Jugendliche, die im Nahostkonflikt durch israelische Bomben und Raketen getötet worden seien.

Andererseits knüpfen sie damit bewusst an die Ritualmordlegende an und wählen ein emotionales Argument, um Israel als Staat darzustellen, der absichtlich Kinder ermordet und damit kein Existenzrecht habe.[2]

1 Mehr dazu z.B. unter https://klexikon.zum.de/wiki/Nahostkonflikt.
2 Siehe https://nichts-gegen-juden.de/kindermoerder-israel/.

An diese komplexen Zusammenhänge knüpft Hassan also an, wenn er von Juden als Kindermördern spricht.

Muris ist klar, dass all das von Hassan nicht vollständig ernst gemeint ist. Aber eben doch ein bisschen.

Mobbing und Gewalt

»Als Mascha aufwacht, ist alles sofort wieder da. – Lion. Sein weißes, weißes Gesicht. Die blutgetränkten kurzen Rastazöpfe. Die rote Lache unter seinem Kopf, die sich langsam ausbreitet.« (S. 7)

Zu Beginn des Romans ist der Zusammenhang noch unklar, aber die Folgen einer Gewalttat sind bereits deutlich sichtbar. Lion ist hierbei das am schwersten verwundete Opfer in einem Roman, der Gewalt sowohl als vermeintlich singuläres Ereignis als auch als Alltäglichkeit zeigt.

Neben den physischen Gewalterfahrungen gibt es auch psychische Formen von Gewalt, die unter anderem Blendi häufig erfährt. Er war an dem Abend der Attacke Muris' gegen Lion an der Tankstelle und hat den Täter gesehen. Als er dies seiner Clique an der Schule erzählt, erntet er von den meisten jedoch nur abschätzige Blicke und Ignoranz: Es hat ihn einige Überwindung gekostet, die Wahrheit auszusprechen, doch zu Beginn hört ihm niemand zu und sie schließen ihn damit aus, obwohl er dabeisteht.

Durch das Gemeinschaftsgefühl auf der Demonstration fühlt sich Blendi gestärkt und traut sich, Mascha das Phantombild, dass er von Muris gezeichnet hat, zu präsentieren. In diesem Moment kippt die Wahrnehmung der übrigen Gruppenmitglieder, und diese begegnen ihm nun mit Respekt (S. 113).

Muris hingegen bleibt bis zum Schluss nicht in der Lage, um eine Entschuldigung zu bitten, und es bleibt offen, ob das Urteil von drei Jahren Haftstrafe bei ihm eine Veränderung auslösen wird.

Muris verschanzt sich in seiner Opferrolle, in der sich alle gegen ihn wenden und der Hass aller Beteiligten sich ausschließlich gegen ihn richtet. In seiner Wahrnehmung wirkt Muris zunehmend irrational und steigert sich in den Gedanken hinein, dass ihn auch die Gerichtsschreiberin, der Staatsanwalt und sein eigener Anwalt hassen. Aus dieser Position heraus scheint es schwer bis unmöglich, die eigene Schuld zu erkennen und diese auch öffentlich einzugestehen.

Sprache und Vorurteile

»Vielleicht erbt man das, und man kann überhaupt nichts dagegen tun.« (S. 119)

Die Sprache der Figuren des Romans zeichnet sich regelmäßig durch die unreflektierte Verwendung von rassistischen, schwulenfeindlichen und antisemitischen Begriffen aus. Für die männlichen Figuren müssen Männer starke Menschen sein, die andere notfalls auch durch Gewalt kontrollieren können. Statt Muris bei seinen Problemen mit Yasin zu unterstützen, fordert Adnan von ihm: *»Sei ein Mann und bring das wieder in Ordnung!«* (S. 19) Hier konstruiert er ein Männlichkeitsbild, das Verantwortungsbewusstsein und Mut in den Mittelpunkt stellt. Doch Muris kann sich körperlich nicht gegen Gürkan zur Wehr setzen. Folglich kann er dieses Bild nur bedienen, indem er seine eigene Mutter und weitere Figuren beraubt. Die eigenen Unterlegenheitserfahrungen versucht Muris durch Gewalt gegen seine Freunde auszugleichen; wenn er Ambr den Arm umdreht, kann er diesen Moment genießen (S. 77).

Blendi trifft auf seinen Wegen auf Gruppen von Jungs, die ihn dadurch herabzusetzen versuchen, dass sie ihn als *»Pussy«* (S. 91) beleidigen. Sie kennzeichnen ihn dadurch als Homosexuellen, was in diesem Kontext offensichtlich als Beleidigung gemeint ist. Zudem wird er in die passive Rolle gedrängt, derjenige zu sein, dem anderen *»einen zu blasen«*. Homosexualität wird hier an eine Sexualpraktik gekoppelt und als Erniedrigung benutzt und auch der abschätzige Blick der Frau, die Blendi in diesem Moment entgegenkommt, erweist sich nicht als hilfreich. Mangelnde Solidarität zeigt sich also auch hier.

Die Jugendlichen im Roman von Karen-Susan Fessel sind auf der Suche nach sich selbst und dem Sinn ihres Lebens. Ihre Umgebung bietet ihnen nicht immer den Halt, nach dem sie sich so oft sehnen und für einige führt dieser Umstand in eine Gewaltspirale, aus der es für sie kein Entrinnen gibt.

Lion erwacht am Ende aus seinem Koma und sieht sich mit den Auswanderungsgedanken seiner Eltern konfrontiert, die es nach Israel zieht. Die Herkunft und die Gewalt hängen bis zum Schluss über den Jugendlichen und dennoch behält Lion einen verhalten optimistischen Blick auf die Welt, wenn er denkt: *»Ich guck lieber, was kommt. Morgen zum Beispiel.«* (S. 161)

(David Beckeherm)

Die Autorin

Karen-Susan Fessel wurde 1964 in Lübeck geboren. In Berlin hat sie Theaterwissenschaft, Germanistik und Romanistik studiert und ist seit 1994 hauptberuflich Schriftstellerin. Sie hat über 40 Romane und Erzählbände für Kinder, Jugendliche und Erwachsene geschrieben. Bereits ihr erstes Kinderbuch *Ein Stern namens Mama*, 1999 erschienen, war ein großer Erfolg. Sie war mit *Und wenn schon!* für den Kinder- und Jugendliteraturpreis nominiert. Neben dem eigentlichen Schreiben liest sie häufig in Schulen, gibt Schreibkurse und saß beispielsweise für den Schreibwettbewerb »THEO – Berlin-Brandenburgischer Preis für Junge Literatur« in der Jury.

2020 wurde Karen-Susan Fessel für ihr kulturelles Schaffen und ihr soziales Engagement mit dem Bundesverdienstkreuz am Bande ausgezeichnet.